CIORAN

齐奥朗作品系列

追慕与练笔

Exercices d'admiration

Essais et portraits

〔法〕齐奥朗 著

刘楠祺 译

人民文学出版社

著作权合同登记号 图字 01-2024-0997

Cioran
Exercices d'admiration: Essais et portraits
©Éditions Gallimard, Paris, 1986
All rights reserved.

图书在版编目(CIP)数据

追慕与练笔 /（法）齐奥朗著；刘楠祺译. -- 北京：人民文学出版社，2024（2025.2重印）
（齐奥朗作品系列）
ISBN 978-7-02-018587-0

Ⅰ. ①追… Ⅱ. ①齐… ②刘… Ⅲ. ①散文集－法国－现代 Ⅳ. ① I565.65

中国国家版本馆 CIP 数据核字（2024）第 066508 号

责任编辑	李　娜　何炜宏
封面设计	钱　珺
出版发行	人民文学出版社
社　　址	北京市朝内大街166号
邮政编码	100705
印　　刷	山东临沂新华印刷物流集团有限责任公司
经　　销	全国新华书店等
字　　数	60千字
开　　本	787毫米×1092毫米 1/32
印　　张	5　插页5
版　　次	2024年5月北京第1版
印　　次	2025年2月第2次印刷
书　　号	978-7-02-018587-0
定　　价	59.00元

如有印装质量问题，请与本社图书销售中心调换。电话：010-65233595

目录 sommaire

塞缪尔·贝克特 001

圣-琼·佩斯 017

米尔恰·埃利亚德 031

罗歇·卡尤瓦 049

亨利·米肖 059

本雅明·方丹 073

博尔赫斯 085

玛丽亚·桑布拉诺 093

奥托·魏宁格 099

斯科特·菲茨杰拉德 105

圭多·切罗内蒂 125

她不是本乡人…… 135

简洁的告白 141

重温《解体概要》 147

塞缪尔·贝克特[①]

数面之缘

① 塞缪尔·贝克特（Samuel Beckett，1906—1989），爱尔兰作家、剧作家和诗人，荒诞派戏剧的代表人物，1969年因其作品"以一种新的小说与戏剧的形式，以崇高的艺术表现人类的苦恼"而荣获诺贝尔文学奖。

若想琢磨透贝克特这个离群索居之人，须关注一个短语：保持距离——这是他时时恪守的座右铭——还要关注该短语所暗示的孤独与内在的执著，关注一个与世隔绝之人无休止地追寻奋斗的本质。佛门有云，欲开悟者，须"如鼠龁棺"般顽强。每个真正的作家都会付诸同样的努力。这就意味着要成为一个毁灭者：藉毁灭构建"存在"，藉颠覆丰富"存在"。

"人生在世，光阴有限，自用而已，何暇他顾。"某诗人的这句话适用于所有那些摒弃外在、偶然、他者的人。做好自己的事，此即贝克特或其无与伦比之艺术的要义。如此，便绝无虚伪妄肆的骄矜，也没有了独特意识中与生俱来的耻辱感：即便没有彬彬有礼一词，我们也必得为他量身打造一个。他的秉性真难以置信乃至怪异：他从不道人短长，他对"恶意"的保健功能从来就不屑一顾，这才是他修身养性的美德，也是他自我超逸的本事。我从未听他诋毁过朋友或对手。这是一种让我羡慕嫉妒恨的长处，而他不过是在不动声色中擅其所长而已。换作我，要是不让我说别人的坏话，那我得多憋屈、多难受、多发狂啊！

他并非活在时间里，而是与时间并驾齐驱。所以我从来没有向他打探过对某某事件有何看法的念头。他是那些认为历史无非某种维度、对人类本可有可无的人之一。

他是否像他自己作品中的角色一样，无论成功与否却依然故我？印象中，他全无表现欲，他对成败荣辱的看法也与常人大相径庭。"真琢磨不透他！他是多么高贵啊！"但凡想起他时，我都会对自己这么说。尽管他从无秘密匿藏，可在我眼中，他依旧"莫测高深，难以琢磨"。

我来自欧洲一隅，在那儿，放纵、无礼、隐私、随性忏悔和无耻比比皆是；在那儿，每人都可以揭他人老底；在那儿，共同的生活皆可归结为公开的告解；在那儿，纤毫隐私都断难想象，飞短流长则近乎疯狂。

仅此一点，便足以证明我何以对这位如此谨言慎行者如此着迷。

彬彬有礼并不代表怒不形于色。一次在朋友家聚会，有人就一些关于他及其作品的无聊学术问题问个没完，他则一言不发，甚至扭开了身子——或几乎背过身去。晚餐未了，他便离席了，铁青着脸，就像要上手术台或要被痛揍一番似的。

大约五年前，我在盖内默街（rue Guynemer）遇到他，他问我是否还在写作，我说我已经没兴趣写了，说我觉得无需靠"写作"出人头地，说写作对我来说有如磨难……他似乎很惊讶，可当他确切地谈到写作的愉悦（joie）时，我甚至比他还要惊讶。他真的用了这个词么？没错，我确定。同时我也想起十年前我们在丁香园①初次相见时，他便坦陈自己异常厌倦，因为那时他觉得自己再也无法从词语中有所斩获了。

……词语，还有谁会像他那般挚爱词语？词语是他的伙伴，也是他唯一的支撑。他从不自以为是，但我们能感觉到他在词语中坚若磐石，稳如泰山。毫无疑问，一旦他不再信任词语，一旦他认为词语正在背叛他、逃离他，他就会莫名沮丧。词语的别离让他无依无靠，无处安身。我很抱歉没有在此一一列举出他与词语相关的、对词语感兴趣的所有地方——正如他在《无法称呼的

---

① 丁香园，巴黎著名的咖啡馆，是巴黎艺术家和知识分子最喜爱的聚会场所。1847年开业，地址是蒙帕纳斯大街171号。

人》①中所说,"沉默滴落于沉默"。脆弱的征象化为坚不可摧的基石。

将法语文本中的介词"Sans"(无)对应为英语的"Lessness"是贝克特的一大创造②,德语中的对应词"Losigkeit"也是他的功劳。

"Lessness"一词(有如伯麦创造的那个"Ungrund"概念一样艰深③)让我着迷,有天晚上我对贝克特说,我宁可不上床睡觉,也非得在法语中找到一个媲美它的对应词不可……我们一起用"sans"和"moindre"(更少)排列组合出所有可能的形式,但没有一个能与那个无法穷尽的"Lessness"所表达的内涵相提并论——它是匮乏与无限的混合体,是神化之虚空的同义词。我们惨淡而别。回到家,那个可怜的"sans"仍

---

① 《无法称呼的人》是贝克特1953年发表的一部长篇小说。
② "Lessness"一词是贝克特自创的一个术语,由表示否定的后缀"-less"加上构成抽象名词的后缀"-ness"组成,以此暗喻"无"已至无限的地步,故齐奥朗在后面说贝克特创造的这个词是"匮乏与无限的混合体,是神化之虚空的同义词"。
③ 伯麦(Jakob Boehme 或 Jakob Böhme,1575—1624),一译波墨,德国文艺复兴时期的哲学家,神秘主义和泛神论的代表。"Ungrund"一词在德语中有"无底"及"深渊"之意,伯麦以该词指称上帝的幽暗本性。

在我脑海中挥之不去。正欲放弃之际，我忽然想到该去找找带有"sine"这个拉丁语词根的词。第二天我写信给贝克特，告诉他我觉得"sinéité"可能是我们梦寐以求的那个词。他回信说，他也想到了这个词，或许是灵感同时莅临吧。不过必须承认，我们发现的词不止一个。我们一致同意见好就收：既然法语中尚无一个名词能表达出那种纯自身状态下的缺席，我们就不得不忍受某种形而上的痛苦而用一个介词代替。

对那些言之无物且没有一己天地的作家，只能和他们谈谈文学。和贝克特在一起则极少如此，实际上，我们几乎从来不谈文学。他更感兴趣的是各式各样的日常主题（物质方面的困难、各式各样的麻烦）——当然只限于谈话。他尤其不能容忍这样的问题：您认为这部或那部作品会流传下去么？此人或彼人配得上其获得的文学地位么？张三和李四谁将不朽？谁更伟大？任何此类评论都让他厌烦和沮丧。"这有什么意思呢？"

一个痛苦难捱的夜晚之后他这样对我说，当时餐桌上的论争犹如一场怪诞的"末日审判"。他本人从不谈论自己的书和剧本，对他来说，重要的不是已经跨过的坎儿，而是后面需要克服的困难：他完全沉浸在自己正在从事的工作中。问他一出戏，他不会介绍内容和意义，只会详述如何表现细节，即每分钟的细节，要我说，是每秒钟的细节。我忘不了他何等兴冲冲地向我解释要出演《不是我》①的女演员所必须满足的苛刻要求——在那出戏里，只有急促的独白独占空间并取代空间——似乎他已经看到了那张小小的、然而强势十足且无所不在的嘴巴，此时，他的眼睛里闪烁着何等耀眼的光芒啊！仿佛他亲眼目睹了皮提亚②的极致蜕变和终极崩塌！

---

① 《不是我》是贝克特1972年创作的一出英语短剧，全剧只有一个女性的声音在舞台上意识流式的独白，灯光只照亮一张嘴。贝克特称这出短剧是"黑暗的舞台当中一张翕动的嘴"。
② 皮提亚，希腊神话中在德尔斐神庙向求神者宣读阿波罗神谕的女祭司。

我平生是个公墓爱好者，我知道贝克特也喜爱墓地（我们一定都记得《初恋》[①]就是从描写一座墓地开始的——顺便说一句，那座墓地在汉堡），去年冬天，我在天文台大道（avenue de l'Observatoire）和他谈起我最近去了一趟拉雪兹神甫公墓，对没有在"安葬名人录"中找到普鲁斯特的名字愤愤不平。（顺便再说一句，三十年前我在美国图书馆读到贝克特评论普鲁斯特的那本小册子时才第一次知道了他的名字。）我们不知怎么的就聊起了斯威夫特[②]——细想起来，斯威夫特是嘲笑过丧葬的，所以也没什么特别之处。贝克特告诉我说，他正在重读《格列佛游记》，且最喜爱"慧骃国"那一部分，特别是格列佛在靠近一个女雅虎[③]时因感到恐惧和厌恶而

[①] 《初恋》是贝克特的一部中篇小说，出版于1970年。
[②] 斯威夫特（Jonathan Swift, 1667—1745），爱尔兰作家，《格列佛游记》的作者。
[③] 雅虎（Yahoo），又译耶胡、胡胡或野胡，是斯威夫特在《格列佛游记》中描写的一种生活在慧骃国、由慧骃（又译智马、贤马）圈养和役使的低等动物，外形像人，生性卑劣，毫无理性。"雅虎"的原意指粗鲁、粗俗、不懂人情世故、没文化的人。

发疯的那个场景。他告诉我说，乔伊斯①不喜欢斯威夫特，这让我大为惊讶，甚至极度失望。另外他还告诉我说，乔伊斯和我们的想象正相反，他并不喜欢讽刺诗。"他从不叛逆，他很超然，他可以接受一切。对他而言，炸弹落下和树叶飘零没什么区别……"

隽永的妙评，兼具敏锐和别致的深邃，这让我想起了阿尔芒·罗宾②，有一天我问他："您译过那么多诗人，难道就不想试译一下庄子这位最富诗意的哲人么？"——"这事我琢磨过，"他反驳我说，"但怎么可能去翻译一部只能等同于苏格兰北部穷乡僻壤的作品呢？"

自从认识了贝克特，我便屡屡自问他与自

---

① 乔伊斯（James Joyce，1882—1941），爱尔兰作家、诗人，代表作有短篇小说集《都柏林人》(1914)、长篇小说《一个青年艺术家的画像》(1916)、《尤利西斯》(1922) 及《芬尼根的守灵夜》(1939)。贝克特早年曾当过乔伊斯的秘书。
② 阿尔芒·罗宾（Armand Robin，1912—1961），法国作家、翻译家、记者、文学评论家和广播电台主持人，通晓数种外语，包括汉语。

已创造的人物之间到底是什么关系（我承认这个问题很烦人且相当愚蠢）？他们有什么共同点？还能不能想象出更本质的差异？我们是否应该承认，岂止这些人物的存在，就连他自己的存在都浸淫在《马龙之死》①描述过的那束"铅色之光"（lumière de plomb）的漫射之下？在我看来，他的文字中不止一处皆是他在某个宇宙纪元终结之后的独白。感觉如同进入了一个死后的宇宙，进入了某个已摆脱万物甚至摆脱了自身诅咒的精灵所梦想的地界！

有些人，他们不知道自己是否活着，所以总处于巨大的困顿当中，一种不属于这个世界的困顿（我使用的是一种与贝克特口味相悖的语言），这一切皆由某人构思，我们可以忖度此人很脆弱，且碍于羞涩，总戴着刀枪不入的面具——不久前，有那么一瞬间，我似乎看到了这一幻象，

---

① 《马龙之死》是贝克特的一部长篇小说，1951年出版。小说的主人公马龙大部分时间都处于无意识或弥留状态，却清醒地意识到自己已在等待死亡。小说生动地叙述了这个老人缓慢而痛苦地等待死亡的过程。

仿佛那些人物和他们的作者、他们的同谋融为一体……那一刻，我目睹的或者说我感受到的着实无常理可解。自此，他笔下的人物所说的每一句最不起眼的话，都能让我联想到某个抑扬顿挫的声音……可我还要即刻补充一句：一个启示或许也像某种理论一样脆弱而虚幻。

从初次见面始，我便明白他已然行至极限，或许，他就是从极限之处开始创作的，这创作始自"不可能"，始自"例外"，始自"绝境"。令人感佩的是他从不动摇，即便头撞南墙也依然故我，一如既往，英勇坚持：以极限为起点，将终结作莅临！我因而有了这样一种感觉，他自己的世界，那个紧张、垂死的世界，可以赓续永存，而我们的世界则会消亡。

我并非特别服膺维特根斯坦[①]的哲学，但对

---

① 维特根斯坦（Ludwig Wittgenstein, 1889—1951），哲学家和数理逻辑学家，语言哲学的奠基人，出生于奥地利，后加入英国籍。代表作有《逻辑哲学论》和《哲学研究》。

此人极有兴趣。读到有关这个人的一切都能让我怦然心动。我不止一次发现他和贝克特之间的共同点。这两个神秘的幽灵，两处奇观，愉悦我等，却又如此匪夷所思、莫测高深。二者中，众生与万物间有着同样的距离，同样的不屈不挠，同样的沉默之诱惑，同样的对语言之终极否定，同样的面对未知之边界的意志。若在另一个时代，他们定会被"旷野"所吸引。我们现在已经知道，维特根斯坦确曾一度有过进修道院的念头。至于贝克特，我们也很容易就能想象到，若倒退数个世纪，他肯定也会身处某间徒有四壁的陋室，没有一丝装饰，甚至连十字架也没有。我跑题了么？那就让我们回想一下他在某些照片中的那种邈远、神秘、"非人"的凝视吧。

万事开头难，当然如此；但只有当我们再无"根"可循、当我们为自己一生提供的素材像上帝一样微乎其微时，我们才会向自己迈出决定性的一步……贝克特是爱尔兰人，这很重要，但也可以说毫无意义。说他是"典型的盎格鲁-撒克逊人"则肯定大错特错。无论如何,没有什么比这更让他不快的了。难道是战前在伦敦的生活令他不堪回首?我不知道他是否指责过英国人"粗鄙"。这种说法并非出自其口,而是我揣摩其意为其代言的,算是姑且为他的保留或怨恨立此存照吧,但此事我不能独掠其美,更何况还可能是一种巴尔干式的错觉——在我看来,英国人是最懈怠和最具危机感的民族,因而也是最精致、最文明的民族。

说来也怪,贝克特住在法国就像住在自家一样,但其实他与冷漠从不沾边,因为那冷漠显然只是法国人或巴黎人才有的品性。他把尚福尔①写进诗里不就很说明问题了么?当然不是尚福尔的所有作品,只是几句箴言。可这件事本身就很了不起,且庶几不可思议(如果有人认为缺乏抒情气息,那只是因为伦理学家们的散文太过疏放

---

① 尚福尔(Sébastien-Roch Nicolas de Chamford,1741—1794),法国18世纪诗人和伦理学家。

所致），那相当于一份坦承，我还不敢说是一种宣示。神秘的心灵总会不经意地背叛其内心深处的本性。贝克特的本性中浸透了诗意，故而他的诗与他的心已难分彼此。

我相信他就像任何一个狂热分子一样自甘如此。即便世界崩于前，他也不会放下手头的工作或改换主题。在重要的事情上，他当然属于有大定力者。至于其他一切，那些日常琐事，他却束手无策，可能比我们每个人都脆弱，甚至还不及他作品中的人物……撰写这篇札记前，我曾打算再读一下埃克哈特大师[①]和尼采从不同视角撰写的有关"高尚者"的文字。——这个计划没有实现，可我一刻也没忘记我已然为本文打好了腹稿。

一九七六年

[①] 埃克哈特大师（Maître Eckhart，约 1260—1327），德国神秘主义哲学家和神学家，主张上帝与万物融合，人为万物之灵，人性是神性的闪光，人不仅能与万物合一，还能与上帝合一。他是德国新教、浪漫主义、唯心主义、存在主义的思想先驱。

圣-琼·佩斯①

① 圣-琼·佩斯（Saint-John Perse，1887—1975），本名阿列克西·莱热（Alexis Leger），法国诗人、作家和外交家，生于法国海外领地瓜德罗普岛。1960年因"立意的高翔与丰沛的想象，使他的诗成为这个时代洞穿世事的反光"而荣获诺贝尔文学奖。

"可那是什么,哦!是什么,却遽然付之阙如?"——诗人甫一提出这个问题,便被从中浮现出的事实所震撼,仿佛要被其拖下深渊,于是,他拍案而起,为挫败那证据并毁掉其潜在的威权而发动了一场战斗,我们并不清楚这场战斗的细节和走向,一如我们不了解那玄妙隐情背后隐藏的秘密①:"历史,唯有灵魂方可为史。"他

---

① 第二次世界大战爆发后的1940年6月,圣-琼·佩斯被免去法国外交部秘书长职务。但他拒绝出任驻美大使的建议,从此开始他在美国的"流亡"生涯(1940—1957)。其间他创作了多部重要诗章,如《流亡》《致异邦女子》《雨》《雪》和《风》等。诚如法国诗人克洛岱尔(Paul Claudel, 1868—1955)所言,"第三共和国固然失去了一位国务活动家,但法兰西得到了一位再生的诗人"。本文所引诗句皆出自上述诗作。

不愿向我们披露只属于自己的隐情,他指摘我们妄自揣度或虚构他的历史,他躲在自己同意提供的那些告白背后,他不打算让我们触及其流亡的"清白之钥"。他出于自尊而令人无法理解,他为了不向"清晰"低头、不向"透明"妥协而戴上了多重面具,而且,如果说他已超越了"现时"和"有限",超越了界限和默认为界限的"可理解性",那也并非是为了适应虚无缥缈的诗意酝酿,而是为了"萦绕于'存在'"——唯其如此,方能摆脱对匮乏的忧惧,摆脱对万物中那"付之阙如"之物的惊人感知。对那个殊少给予、几乎总是所向披靡的"存在",的确也值得大书特书;此等情势之下的所向披靡如此醒目,以致有人会说它来自某种启示,而非来自某段过程或某次抗争。那其中充满了频发的惊喜、瞬时的感觉。"于是,倏忽间,一切皆化为我的力量和我的存在,而虚无之主题仍于此冒出缕缕青烟。"——"大海本身,仿佛在遽然欢呼……"除上文提及的对深渊的质疑,重点即在此"遽然"之上,以标识出"实在"的显现及其绝对的权力,标识出死之变形及其对虚空的胜利。

尽量以"异邦人"取代"我"歌唱流亡而仍能与世界合拍,仍能于此扎根并为其代言,这便是一首抒情诗所向披靡的悖论,诗中的每个词语都专注于它所表达的事物,以便将其托举并提升至它似乎从未应许过的高度——一个永不言败的"是"的奇迹——并将其并入一首献给多样性、献给"太一"那意象闪烁的赞歌当中。这首抒情诗,它渊博、原始、和谐、原创,它源于一门关于树之汁液的学问,源于一种精通各种元素、前苏格拉底式的、反《圣经》的陶醉,它将一切可能具名之物、将语言——那真正的救世主——所能掌控的一切皆视同神圣。为万物立言,意味着为其施洗,意味着尝试从昏暗和无名中将其解救;一旦成功,它将爱其所有,乃至现代都市那"遍布垃圾和废弃物的骷髅地①"。(在一部本来就

---

① 骷髅地,又译各他山,天主教典籍中译为"哥耳哥达",指罗马帝国统治时期耶路撒冷城郊的一处山丘。据《圣经·新约》记载,耶稣被钉上十字架的地方就是骷髅地。

很异教的作品中使用基督教术语,再怎么讽刺也会产生奇特的效果。)

这"诗"是神谕之发散与诠释的集合体——在佩斯看来,它既属于宇宙的起源,也属于文学,它以宇宙的方式被阐述:生成、枚举、调集各种元素,并将其融入自己的本质。这"诗"是封闭的,它独立存在,却又是开放的("一整个沉默的民族在我的诗句中屹立"),它狂放又内敛,自主又相依,同时还与表达与被表达、与品味自我和记录自我的主题紧密相连,它是狂喜与列举、绝对与盘点的集大成者。有时,我们只敏感于其形式的一面,却忘记此前它早已潜入现实,让我们忍不住去读它,仿佛它已在声音的魅力中耗尽了自己,而与任何客观的、可感知之物全然不符。于是,我们那被动的、被迷惑的自我便惊呼"它美若梵文",并听任自己沉迷于此种语言本身的愉悦。然而这语言又再次依附于客体并现其表象。它钟爱的就是里尔克所珍视的"赞美的空间"(Raum der Rühmung),在此空间中,从无匮乏的"现实"显现出过剩之存在，万物皆趋于崇高，没有什么再落入相互诅咒的境地，因为那诅咒是否定和愤世嫉俗之源。

"存在"，唯有在最细微层面上辨识其不可替代之在场时，方具有合法性或价值。无能之辈则只会将这种生成之场景简化为一系列对等物和模拟物、一场基于其身份背景的表象游戏。这种人自以为拥有洞察力——肯定也有，却被这种洞察力所击打，摇摆于肤浅和悲伤之间，最终落到沉思无果、滥用讽刺和满足于否认的地步。这种人绝望于无法为自己含混不清的苦涩赋予浓烈的毒性，加之厌倦了为无效的"存在"而努力，于是只能向那些以赞美冒险为生、无视黑暗、不再迷信"不"的人靠拢——那些人什么都敢赞美，因为对他们来说，一切都很重要，一切都具有失不复得的独特性。而佩斯的"诗"，便恰好赞美了这种独特性：它不是那种流逝的、没有未来之时刻的独特性，而是展现万物永恒之例外的独特性。此种被赞美的时刻唯有一个维度：当下，即无限持续之时间,它涵盖岁月,涵盖远古和当下的所有瞬间。我们是在这个世纪么?抑或处于希腊或中国的起点?再没有比按时序研究一部作品和一位作者而该作品及其作者竟能毫发无损更不合情理的了。就"诗"而言,佩斯就是这样一个当代人……也是一个超越时间的人。

> 我将第一个在此迎接新神的莅临。

这让我们觉得他曾目睹远古诸神的出现和消失,如果说他还瞩望其他神祇的到来,并非作为先知,而是作为一种记忆之精神,在这种精神中,模糊的记忆和预感非但没有渐行渐远,反而聚合交融。他更接近于神谕而非教条(犹如因灵感和风采而接受宗教奥义的人,故可称之为德尔斐①一派),但他并不屈从于任何崇拜:他怎可能去屈尊崇拜他人之神并与之共享呢?只要崇拜词

---

① 德尔斐,希腊中部地名,有著名的阿波罗神庙。

语，便能化虚构为本质，于是乎，诗人为自己打造了一个私人的神话，一座他自己的奥林匹斯山，在此，他可以自行增减人丁，这是他从语言中获得的特权，其适当的角色和最终的功能便是创造和毁灭诸神。

诗中的那位"异邦人"并不局限于某个时代，也不局限于某个国家。他似乎在游历某个不知其名的帝国，沉浸于不知疲倦的赞美中。他在那里遇到的人类及其习俗无疑比大自然更让他乐而忘返。他甚至在书中也在寻觅风和"风之思"，且相较于风，他更为大海赋予了神性所通常具有的那种品质与优势："重新发现的一统"，"对吾侪而言，清晰即本质"，"本质中令人惊讶的'存在'"，"清晰的恳求"……在其无穷的创造力中（在诸多方面它是不是能让人联想起那浪漫之"夜"呢？），大海绝对是展开的，是一个深不可测而又可见的奇迹，它揭示出一个无底之深渊的表象。佩斯的"诗"之使命，便是模仿其涌动和光辉，暗示其不完整中的完美，使其成为或看似一个漩涡般的永恒,而"往昔"和"可能"在没有接续的变化中、在无休止地回落于自身的持续之时间中共存。

佩斯的诗不是历史的,也不是悲剧的,其意象摆脱了恐惧和怀旧,具有一种"肇建于深渊之上"的心灵战栗和令人兴奋至发抖的性质,而不是听任心灵自暴自弃、徒增烦恼。他的诗中没有对惶恐的癖好,而是狂喜战胜空虚,肉欲战胜恐惧。在他的宇宙里(肉身在此获得了形而上的地位),"恶"与"善"被一并驱逐,因为"存在"于此觅得了其自身的证明。它真的找到了自身的证明么?当诗人对此甚至对"存在"有所怀疑时,他知道自己不能像大海那样触及海底,于是便转向了语言,意图藉语言去研究大海那"巨大的侵蚀",探寻大海深处那"古老的地层"。一旦下潜结束,他将再次浮出水面,并像海浪般吟咏出一句"唯一的、没有抑扬顿挫的、永远难懂的长句子"。

一部被赋予了某种独特意义的作品总难免受

到非难；因为没有了那种不确定性和闪烁其词的光环——这种光环只会让评注者洋洋得意并夸大其词，而作品也会因此陷入明晰的痛苦当中，并因不再令人困惑而招致显见的耻辱。欲避免此类被理解的耻辱，就应在那些无可辩驳和晦涩难懂的事物间求得平衡，通过处理歧义而唤起不同的诠释和解惑的热情，那才是生命力的迹象，持久的保证。一旦评论者知悉作品处于何种真实的水平及其反映的是哪个世界，这作品也就迷失了。作者同样如此，他务必藏匿起自己的身份，将除却本质之外的一切都付诸作品，坚持自己的魅力和独特性，做一个依从于自己词语的主人，成为自己词语的乱花迷眼的奴隶。对一位显然能掌控词语的作家如佩斯者，也难免留给我们这种印象，认为他受制于此种专制，认为他受词语迷惑，将词语等同于元素甚至就是元素，等同于他无法逃避的禁令与任性。

对于这种印象，另有一种相反的印象纠正之，我们读得越多，就越能发现那印象同样合理，立法者的意图也越发清晰：迅速将"含混不清"和"不可捉摸"体系化，令词语恢复秩序，让其从无政府状态或麻木状态中解脱出来，让其满怀有益健康、振奋人心的真实帮助我们……佩斯和瓦雷里或艾略特那样的作家不同（在佩斯的世界里，圣灰星期三①正是其对立面），他并不执拗于"纯粹的非存在"或"积极时刻的阙如之荣耀"，他之所以呼召死亡，也只是为了弃绝其"无限的夸张"而非利用其魔力。作为一位与众生万物相契相亲的诗人，他从不后悔也不非难这种在某一进程中脱离一统的原初断裂，在他看来，那绝非不幸，反倒有福，因为其触发了这一多重、明显和奇特的进程，而他将与之建立起全方位的联系。我们所见的一切皆值得一见，既存的一切皆属无可救药的存在，他似乎是想告诉我

---

① 圣灰星期三，又译圣灰节，天主教的节日，在复活节前七周（即复活节前四十天）的星期三。这一天，人们将圣灰撒在自己的头顶或衣服上，以向上帝表达忏悔之意。圣灰取自上一年圣枝主日（又称棕枝主日、基督苦难主日，指复活节前一周的星期日）所用的圣枝。

们，在恍惚中，在完满的眩晕中，在力求真实的渴望中，他正努力填补和充实虚空，而不是任其遭受晦涩和万有引力的祸害而丧失主题。

有一些诗人，我们需要他们帮助我们堕落，鼓励我们冷笑，加剧我们的恶习或昏聩。他们是无法抗拒的，他们能奇迹般地令人消沉……另有一些诗人则颇难接近，因为我们的刻薄与偏执和他们绝非同路。作为我们与世界冲突的调停人，他们劝说我们努力接受这个世界。当我们受够了自己甚至受够了自己的哭号，当我们眼中抗议或请愿那种纯现代的狂热已变为一桩重罪，若能遇到一颗像古人那样的心灵，一颗像古典时代的英雄或古典晚期的品达①那样永不沉沦、面对粗俗反抗尤能退避三舍的心灵，该是何等慰藉，这就如同马可·奥勒留②感叹的那样："哦，大自然，

---

① 品达（Pindare，约前518—前438），古希腊抒情诗人。
② 马可·奥勒留（Marc Aurèle，121—180），罗马帝国五贤帝时代的最后一位皇帝（161—180年在位），斯多噶派哲学家，有以希腊文写成的《沉思录》传世。

时间馈赠给我的一切皆为美味的果实。"——佩斯的诗中，那跳跃着的抒情之智慧的音符犹如优美和谐的连祷辞，仿佛是对必要与表达、命运和语言的神化，颇具远见卓识，却绝无基督教的腔调。"无国籍的星辰穿行于绿色世纪的巅峰"——我们难道不相信自己在此读到的某些诗句就像是《启示录》平和的变体么？宇宙即便消失，一切也皆无所失，因为可以代之以语言。词语，一个简单的词语，它将在普遍的吞噬中幸存，因为它将独自挑战虚无。依吾侪看来，这就是佩斯的"诗"所暗示和瞩望的结论。

一九六〇年

米尔恰·埃利亚德[①]

① 米尔恰·埃利亚德（Mircea Eliade，1907—1986），罗马尼亚宗教史家、神话学家、哲学家和小说家。

第一次见到埃利亚德大约是一九三二年,在布加勒斯特,当时我刚懵懵懂懂读完哲学课程。而他那时已然是"新生代"——这是个让我们引以自傲的巫术用语——的偶像了。我们看不起那些"老朽"或者叫"老糊涂",也就是说那批年过三旬的人。我们的这位大师发起了一场抨击他们的论战。他一个接一个地打败了他们,其打击对象基本无误,我说"基本",是因为也有搞错的时候,比方说抨击图多尔·阿尔盖齐①那件事,

---

① 图多尔·阿尔盖齐(Tudor Arghezi, 1880—1967),罗马尼亚诗人、作家,被认为是 20 世纪罗马尼亚文学最重要的作家之一。

而这位大诗人的唯一过错就是家喻户晓、德高望重。在我们看来，所有冲突的关键就在于两代人之间的争斗，这也是所有事件的解释口径。对我们而言，年轻，就代表着自动拥有天赋。有人会说，这种迷恋是永恒的。确实如此。但我认为若没有我们煽风点火，这种迷恋也走不了太远。它表达或者说加剧了一种裹挟历史的意志，一种拼死也要在历史中革故鼎新的欲望。因为当时狂热已提上日程。那么它会花落谁家呢？结果，落在了一个从印度回来的人身上，而印度却是个不重视历史、不重视编年学、不重视发展变化的国家。要不是这种现象证明了某种深刻的二元性，证明了伊利亚德作品中的某种特征——这种特征同样受到本质与偶然、永恒与日常、神秘主义与文学的影响，我原本是不会在意这种悖论的。这种二元性并未带给他任何痛苦：因为这正是他的天性和机会，让他得以同时或轮流在不同的精神层面上生活，在全无戏剧性的前提下研究"出神"(l'extase)和追寻轶事。

认识他之时，我已然震惊于他居然早就深入地研究过数论派[1]（他刚就该派哲学发表了一篇长长的专论），并且对最新出版的小说颇有兴趣。从那时起我便为其巨大、疯狂的好奇心所吸引，此后再未止息，这种好奇心除他之外对谁来说都属于病态。他绝无怪癖者那种阴郁反常的顽念，也不像偏执狂那样把自己禁锢于某专业、某领域，而把其他一切皆视为次要和可有可无。据我所知，他唯一的痴迷是想成为一位多题材作家——说实话，随着年齿日增，他这个念想已经越发淡漠了。所以说，他是反痴迷者中的佼佼者，因为他拥有不竭的求知欲，渴望探索随便什么主题。尼古拉斯·约尔加[2]，罗马尼亚历史学家，非凡的人物，令人着迷，令人困惑，出版过上千部作品，有些极富活力，但总体上冗长繁复，结构糟糕，难以辨认，芜杂中饶有风趣——

---

[1] 数论派（Sankhya），又译"僧法派"，印度婆罗门教六大正统哲学门派之一，教授和研究精神与物质的永恒互动。
[2] 尼古拉斯·约尔加（Nicolas Iorga 或 Nocolae Jorga，1871—1940），罗马尼亚历史学家和政治家。

而埃利亚德却对其激赏不已,就像我们赞赏各种元素,赞赏森林、大海、田野、自身的繁殖力以及所有涌现的、激增的、蔓延的和自我认可的事物一样。他历来执迷于活力和效率,特别专注于文学。我可能有些夸大其词,但我有充分的理由相信,他在潜意识里是把书置于诸神之上的。除了这些,他还崇拜书。总之,我从来没遇到过像他那样爱书的人。巴黎光复次日,他便乘火车来到了巴黎,他抚摸着书、摩挲着书、翻阅着书时的那种狂热我至今记忆犹新。在书店里,他心情激荡,表情肃穆。那是陶醉,是崇拜。如此激情,需要伟大的素质,没有素质,就无法欣赏心灵模仿自然并超越自然的那种丰富、繁荣与慷慨。我从来都读不进巴尔扎克。说实话,我十几岁时就读不进去。他的世界对我来说就像个禁地,难以接近,我不仅进不去而且还有抵触。埃利亚德尝试过多少次想让我改变主意啊!他在布加勒斯特时就读过《人间喜剧》,一九四七年在巴黎时重读,后来在芝加哥可能又再次通读。他向来喜爱那种规模宏大、叙事丰富、在多个层面展开、与"无限"的旋律、时间的大规模在场、细节的累积和纷繁复杂的主题相配合的长篇小说;另一方面,他又厌恶"文学"中所有的做作,厌恶美学家钟爱的那种贫血而精致的游戏,厌恶某些缺少活力与本能的作品中的那种粗俗与糜烂。但我们也可以用另一种方式来诠释他对巴尔扎克的热情。心灵分为两类:喜欢过程的和注重结果的;有的心灵关注思想或行动的展开、不同的阶段和连续的表达,另一些则关注最终的表达而排除所有其他部分。就个人气质而言,我始终倾向于后者,倾向于尚福尔、儒贝尔、利希滕贝格那类作家[1],他们会给你一个公式,却不会透露通往那里的道路;他们或持重,或刻板,却无一不崇尚简洁;他们只想用一页纸、一句话、一个词便言尽一切;虽有成功,却也不多。必须指

---

[1] 儒贝尔(Joseph Joubert, 1754—1824),法国作家,以身后出版的《随思录》闻名。利希滕贝格(Georg Christoph Lichtenberg, 1742—1799),德国哲学家、作家和物理学家,有《格言集》传世。

出的是，若不想让"简洁"坠入虚假神秘的深渊，就必须屈从于沉默。而当我们喜好这种典型的表达方式或者说偏爱这种僵硬的表达形式时，是很难移情别恋的。长期充当道德家的人很难理解巴尔扎克；但也能猜度出为何有人会如此喜爱他，因为他们能从其宇宙中汲取生命、扩张和自由的感觉，那是一种完美与窒息相融合的次要类型，对于箴言爱好者来说是无法理解的。

埃利亚德尽管内心里明显偏好洋洋洒洒、长篇大论的综述，但其文章片段和短小精悍的小品文也同样出色；事实上，他最初那些文章，他启程前往印度之前和回国后发表的大量短文可以说篇篇出彩。一九二七年至一九二八年，他定期为布加勒斯特一家日报撰稿。当时我住在一个外省城市，即将高中毕业。报纸每天上午十一点送达。课间休息时，我就跑去报亭买报，我就是这样知道了马鸣菩萨、山道尔·克勒西·乔玛、布奥奈提和欧亨尼奥·多尔斯以及其他那些不同寻常的名字的[1]。我尤其喜欢那些有关外国作家的文章，因为我住的那座小城找不到他们的作品，这让我觉得似乎神秘又很有意义，所以我把有朝一日能读到他们的作品归结为幸福。这种失望当时还很遥远，而本土作家的作品还是可以轻松搞到的。那些仅存续一天的文章耗费了他多少学识、才气和精力啊！我不必靠扭曲记忆来提升其价值，但我确信它们都趣味盎然。我兴奋地读着这些文章，真的，很兴奋。我特别欣赏年轻的埃利亚德的天赋，他能让每个想法都变得颤抖而具感染力，他能为每个想法赋予一种歇斯底里的光环，但这种歇斯底里都是积极、刺激且健康的。显然，这种天赋只属于某个时代，即使现在我们仍拥有这种天赋，也不会乐于在抨击宗教史时使用了……再没有什么比埃利亚德从印度回来

---

[1] 马鸣菩萨（Asvaghosha），公元 1 世纪的印度佛教僧侣，大乘佛教论师、诗人和哲学家。山道尔·克勒西·乔玛（Sándor Körösi Csoma 或 Alexandre Ksoma de Körös, 1784—1842），匈牙利语言学家和东方学学者，被认为是藏学研究的奠基人，编写了世上第一部藏英词典。布奥奈提（Baldassarre Buonaiutti, 1336—1385），意大利历史学家、政治家和外交家。欧亨尼奥·多尔斯（Eugenio d'Ors, 1881—1954），西班牙作家、艺术评论家和哲学家。

后写的《致外省人信札》那些系列文章更光彩夺目的了，这些信在同一份日报上连载发表。这些信，我确信自己一封没落全读了，真的，全读了，因为与我们有关，是写给我们的。那些信中还会时常奚落我们，我们每个人都等着哪天轮到自己。一天，对我的批评来了。不过是希望我抛弃顽念，别让我那些阴暗观点再占据期刊版面，要谈就谈些死亡以外的其他问题——而死亡主题却是我当时和终身的癖好。我怎能对这样的警告服气呢？我绝不让步。我历来认为解决这个问题和解决其他问题不一样——当时我刚刚发表了一篇题为《论北欧艺术中的死亡观》的文章，我打算沿着这个方向继续走下去。我在内心深处抱怨我这位朋友目空一切，无法样样精通却想成为一切，总之不具备狂热和谵妄的能力，也没有"深度"——我说的"深度"是指沉迷于某种狂热并能坚持下去的能力。我相信，有所为，就意味着态度决绝，也就意味着拒绝随意，拒绝摇摆，拒绝周而复始。依我之见，打造一个属于自己的世界，一个有限的绝对世界，并全力以赴地坚持下去，这才是一位才智之士的首要职责。也可以说是一种承诺，但该承诺只将内心生活视为唯一的目标，只针对自己而非他人。我曾批评过埃利亚德过于开放、过于灵活和热情而难以捉摸。我还批评过他不光对印度感兴趣；因为在我看来，一个印度便足以有效取代其他一切，若对印度以外的任何事情再感兴趣则无异于自掉身价。我所有这些不满都集中发泄在一篇题为《没有命运的人》的文章中——我在文章中批评这位我钦佩的才智之士朝三暮四，批评他不能坚守一以贯之的理念；我指出他每种特质的消极方面（这是对某人不公和不忠的典型方式），指责他不能控制并恣肆滥用自己的情绪和激情，指责他掩饰悲情，无视"宿命"。此类习见的批评，其缺点是过于笼统：人皆适用。一位有理论的才智之士、一个需要解决问题的人为什么一定要成为英雄或怪物呢？观念与悲剧之间并不存在实质性的类同。可我当时认为任何观念都必须体现或转化为呐喊。

我深信气馁是觉醒和认知的标志,我埋怨我这位朋友太过乐观,兴趣太过广泛,在一些与纯学术八竿子打不着的活动中投入的精力太多。我本人是个意志缺失症患者,所以我自认为比他更前卫,好像我的意志缺失症是精神之征服或智慧之意志的结果似的。记得有一天我告诉他,他前世肯定是一只食草兽,所以他才能保持那么多新鲜感和自信心,保持那么多纯真。我无法原谅他认定我比他老,我将自己的痛苦和失败归咎于他,而且在我看来,他的希望都是以牺牲我为代价获得的。他怎么能做到在那么多不同领域里呼风唤雨呢?他始终怀有好奇心,我在这份好奇心中看到了一个恶魔,或者用圣奥古斯丁①的话说,我看到了一种"病",这是我对他一贯的不满。但他自己不认为这是病,反而是健康的标志。我对这种"健康"羡慕嫉妒恨——在此就容我稍有放

---

① 圣奥古斯丁(saint Augustin, 354—430),又称"希波的奥古斯丁",天主教会译为"圣奥斯定",罗马帝国末期北非柏柏尔人,基督教早期的重要神学家和哲学家,有《忏悔录》《上帝之城》《论三位一体》等著作传世。

肆吧。

要不是一个特别的缘由，我或许还真不敢写那篇《没有命运的人》。我们俩有一位共同的朋友，一位才华横溢的女演员，她不幸被一些形而上的问题所困扰。这种困扰损害了她的职业生涯和才能。舞台上，当她在大段独白或对话时，那些重要的问题会突然出现在她的眼前，侵入她的头脑，控制她的思想，让她觉得自己正在独白的一切突然像是无法忍受的虚幻和空洞。她的演艺生涯因而受到了影响；可她太固执，无法也不愿改变自己。剧院虽没有解雇她，但只会安排她出演一些微不足道的小角色，可这些角色对她没有丝毫影响，反而让她更有机会置身于自己所关注的问题和思辨当中，并且把以前演戏时的全部激情都派上了用场。她曾向埃利亚德倾诉自己的沮丧以寻求答案，觉得不满意又转向了我。一天，埃利亚德再也受不了了，便把她拒之门外，不再见她。她跑来告诉我她的烦恼。此后，我便常常和她碰面，任由她说，我只是听。她说得天花乱坠,真的,可又如此扣人心弦,如此令人疲累,如此锲而不舍,以至于每次见面后我都精疲力竭却又神魂颠倒,碰到第一家小酒馆就跑进去一醉方休。一位农家的女儿(她是自学成才的,来自一个籍籍无名的村庄),竟能以如此闻所未闻的光彩和热情和我们谈论"虚无"!她学过好几门语言,沉迷于神智学①,与不少大诗人往来,经历过不少挫折,但最近这次的影响最大。和她交往之初,其长处和痛苦已然如此,而埃利亚德竟如此傲慢待人,我认为不可思议,无法接受。在我看来,他无从辩解,便写了那篇《没有命运的人》作为报复。文章登上一家周刊头版时,她欣喜若狂,当着我的面大声朗读,仿佛是朗诵一段著名的独白,然后逐段分析。"你从来没写过比这更好的东西了",她对我说——这是对我的一

---

① 神智学(théosophie),一译"通神学",泛指和哲学体系相联系的各种神秘主义学说,认为通过直接认识、哲学思辨或某种物理过程就能洞悉神和世界的本性,把上帝看作是一切存在和善的超越的源泉,以寓意解释法来解释宗教典籍。古代神智学的主要代表是新柏拉图学派、诺斯替教和喀巴拉派,近代神智学则深受亚洲宗教哲学的影响。主要代表人物有伯麦、谢林和斯威登堡。

种不恰当的赞扬，因为某种程度上不正是她提供的素材促成了这篇文章么？后来，我才理解了埃利亚德的厌倦和恼怒以及我过度攻击的可笑，可他从未因此对我怀恨在心，甚至还以此自嘲。这种风度值得记上一笔，因为经验告诉我，作家们记忆力惊人，忘不掉过于尖刻的不逊。

大约就是这个时候，他开始在布加勒斯特文学院任教。我一有机会就去听课。幸运的是，他在文章中倾注的热情也体现在授课中，那是我听过的最生动、最富于活力的课程了。他不拿教案，两手空空，沉浸在一种博学而抒情的眩晕当中，口中吐出震颤而逻辑严密的话语，紧张的双手则强化了那些话语。一个小时的紧张授课之后，他似乎毫无倦色，也许他确实没有，那才是真正的奇迹。仿佛他有一种彻底缓解疲劳的本事似的。所有消极的东西，所有导致自我毁灭的东西，无论是身体上的还是精神上的，始终与他无关。而这，就是他从不屈从、从不悔疚、从不被那些暗示绝境、停滞和前途无望的情感所压倒的原因。我可能又跑题了，但我相信如果他对原罪有完美的理解就不会有这种感觉：因为他太狂热，太有活力，太投入，太充实，太陶醉于可能性了。只有那些无休止追忆往昔的人、那些无法摆脱过去的人、那些出于道德折磨的需要而虚构过失的人、那些沉迷于回忆自己所犯下的所有可耻的或无法弥补的错误的人或是想要犯下这些错误的人才会有这种感觉。我想再谈谈那些痴迷者。只有他们有时间跌入悔恨的深渊，在里面过日子，在里面打滚，只有他们是由构成正宗基督徒的材料捏制的，也就是说，他们是一些被痛苦啃噬和蹂躏的人，有一种想成为弃儿的病态冲动，却最终又想战胜这一冲动——这种胜利永远不会是完胜，这就是他们所谓的"有信仰"。自帕斯卡和克尔凯郭尔[①]以来，我们再也无从想象既没有残疾者的行列也没有内心戏剧之隐秘乐趣

---

① 克尔凯郭尔（Søren Kierkegaard, 1813—1855），丹麦哲学家、神学家和诗人，被认为是存在主义哲学的创始人，后现代主义和现代人本心理学的先驱。

的"救赎"了。尤其是今天,"诅咒"风靡一时,在文学中成为时尚,希望人人都活在痛苦和诅咒中。可是,能诅咒贤哲吗?为什么要诅咒他?难道就因为他知道的太多,所以不能俯就地狱、俯就地狱的狭隘圈子吗?几乎可以肯定的是,唯有基督教的阴暗面仍能引发我们的共鸣。或许,如果我们想找到基督教的本质,确实应该以悲观视之。如果这一形象、这一幻象是真实的,那么埃利亚德显然处于该宗教的边缘。但在职业和信念上,他或许处于所有宗教的边缘:难道他不是新亚历山大学派最杰出的代表之一吗?该学派与古代的亚历山大学派一样,平视所有信仰,却不接受任何一种信仰。如果我们拒绝对它们排名,那么应该偏爱哪一个、为哪一个发声、祈求哪一位神?我们无法想象一位宗教史专家会去祈祷。或者,如果他真在祈祷,那就是违背了自己的教诲,就是在自相矛盾,就是在撕毁自己的"契约",因为在那契约中没有真神,所有神祇都是平等的。无论他如何以其才华描述和评论这些宗教，他都无法再为其注入活力；他只是需要从这些信仰中汲取所有精华，对其进行相互比较，以某宗教之矛攻某宗教之盾，而不会在乎惹恼这些宗教，再说，在这样一个学术的、幻灭的和讽刺的阶段，如果还有人真的信教的话，那么最终剩下的也只能是那些与信徒无关的血淋淋的符号。我们这些以埃利亚德为首的从前的信仰者，如今都是一些缺失宗教信仰的宗教的灵魂。

罗歇·卡尤瓦[①]

矿物的魅力

① 罗歇·卡尤瓦(Roger Caillois, 1913—1978),法国诗人、作家、社会学家和文学批评家,法兰西学士院院士。

卡尤瓦是科班出身，门生意识至今犹存，他在一九三九年为《人与圣人》一书撰写的前言便足以证明他的谨慎——他在前言中劝慰自己的老师，建议他们忽略该书的最后数页，因为那几页文字跳出了"实证知识"的范畴，做了一些形而上的拓展。那时，他似乎是喜欢宗教史、社会学和民族学的，而他也本应专攻其中的某个分支并最终成为一名学者。可他走上了另一条路，这与外界环境有很大关系；但外因通常无法解释问题的本质。关键是要知道他为何从一开始就倾向于碎片化而非系统，为何会恐惧巨大的建筑，为何会关注优雅,为何会乐于表达,为何在论证中会微喘吁吁,又为何最终能实现推理与节奏、理论与诱惑之间的平衡。这些重大的缺陷,这些瑕疵,他本来是可以掩饰的,但前提是牺牲自己,放弃自己的独特性(就像不止一个"实证知识"的支持者那样)。可他不甘如此,所以只得割舍初衷,背叛或辜负了自己的老师,选择了多样性这条个人之路,总之是远离了"科学",把它留给了那些专深且能甘心沉迷于此等单调工作的人。他涉猎过很多主题和学科:诗歌、马克思主义、精神分析学、梦想、游戏,不一而足——但从不是走马观花,而是以一种时不我待、如饥似渴的精神去学习,可这种学习精神往往被不公平地讥诮为缺乏恒心。我们很容易就能猜到,他一旦掌握了某个主题或阐释过某个问题后就再没耐心了,他会把这些主题或问题甩给那些严谨的人或者怪人,因为在他看来,再留在自己手里是有失体面的。这种没耐心,根子在于困顿、苛求或敏感,是他不断更新知识和智力漫游的关键。

在此我们不由得想到了一种截然相反的方法,即莫里斯·布朗肖①的方法——他在分析文学事实时,把对深度和反思的痴迷带入并推向英雄主义甚或窒息的地步,而此种痴迷兼具波浪与深渊的长处。

我经常在想,在卡尤瓦这个个案中,拒绝反复思考(他称之为"基本散列")是否会让任何想识别其"真实之自我"的意图变得困难甚至不可能。他位于痴迷的反面;然而只有痴迷者才会舍弃其"自我之真实",或许只有当其足够节制时才能坐拥一个"自我之真实"。我并未将他拒绝顽念之责归咎于他,但我就是想知道他那至高无上的自我到底在哪儿,以及他的哪本书(如果他只写了那本书的话)最能揭示这一点,并证明他追求并重新融入了自己的本质。在我看来,他如此容易冲动,无非遭际了某种激情,而他正是在描述这一激情的书中透露了自己最重要的

---

① 莫里斯·布朗肖(Maurice Blanchot,1907—2003),法国作家、哲学家和文学评论家。其著作对后结构主义有重大影响。

秘密。

在探索任何一个领域时，发现或成功的标志便是我们语气的变化，那些抒情的冲动是先验的而非强加的。《矿石》①以一篇赞美诗般的序言开始，然后页复一页地持续跳动着谨严热情的音符。我只想撇开热情这一表象直奔主题，依我之见，那热情似乎存在于对"原初"的追寻和怀念当中，存在于对"开端"、对先于人类存在的世界、对某个"比这一瞬态物种的命运更缓慢、更庞大、更严重"之奥秘的执念当中。那热情不仅超越了人类，甚至超越了生命本身直抵诸纪元的本源，让自身与远古时代同在，这便是这位狂热的矿物学家的目标，当他在一块玛瑙结节体异常轻微的液体杂波中发现了自地球诞生便藏在其中的一滴水时欣喜若狂，因为那是一滴"从前的"水，是一滴"起源之水"和"永不变质的流体"，它让目击者觉得自己在宇宙中俨然一个"茫然的

---

① 《矿石》是罗歇·卡尤瓦创作的一部咏唱各类矿物的散文诗集，出版于1966年。

闯入者"。

我们所能做的最重要的事情便是寻找"开端"。我们每个人都尝试过，哪怕这种回归只是短暂的片刻，也能为我们提供重新认识自我、超越自我、战胜自我并战胜一切的唯一途径。同时它也是唯一的逃避方式，而非背弃或欺骗。可是，我们已习惯了瞩目未来，习惯了置天启于宇宙起源之上，崇拜大爆炸和末日，嘲笑"革命"或"最后的审判"。我们全部预言性的傲慢皆来源于此。而回到过去，回到远比我们的预期丰富得多的混沌中岂不是更好？这也正是卡尤瓦最想转向的时刻，在这个阶段，原初的混沌在逐渐冷却的过程中正尝试成形，矿石在其"生成的炽热时刻"之后正变为"代数、眩晕和秩序"。但无论卡尤瓦展现的是其燃烧、完全融合还是酷寒，他在其描述中迸发的都是一种前所未有的激情。我特别想到他近乎高瞻远瞩地展示了一种取自密歇根湖的原生铜，其易碎的平行六面体"既脆弱又坚硬，为想象提供了双曲线硬化的悖论。它们玄妙地超越了惰性，将死亡的严酷添加到那些从未有过生命的物体之上，在金属的表面画出一道道冗余、炫耀、夸张和裹尸布般的褶皱"。

阅读《矿石》时我不止一次在想，恐怕这不是一个仅局限于其自身含义、徒具魅力而无现实意义的语言问题。既如此，干吗不去现场看看？毕竟我从未目睹过一块矿石，也从没见过那些被称作宝石的东西，光是"宝"这一修饰语就足以让我生厌。于是，我参观了矿物博物馆，令我大为震惊的是我发现他书中说的全是真的，他那本书不仅是一位大师之作，更像是一部科普作品，它致力于从内部抓住那些冰冻的奇迹，以匪夷所思的回溯重构其最初的不确定状态。我就是在这样一个重要的节点上开始对矿物入门，这让我意识到，当个雕塑家或画家毫无意义。几年前我去过古生物博物馆，在我看来，展示在那里的骨骼化石足以让我们对肉身之短暂生厌，相比之下，骷髅反倒能带给我们某种宁静。在矿石旁，那些骷髅看起来着实可怜。但这些矿石本身是否真如卡尤瓦认定的那样,能弥散出"几许宁静",并且对他始终魔力不减呢?这些矿石承受得起他求新求变的渴望对"消散"的厌恶么?从回溯至生成的那一刻起,他便已抵近了一种启蒙,一种不寻常的神秘状态,一个自我解体中的深渊。这种启蒙不会在一夜之间发生,当靠近那深渊时,我们就再清楚不过地被告诫说,它并不包含任何神圣的东西而无非是宇宙中的物质、熔岩、聚变和混乱而已。我再怎么强调这一孤独求败都不为过。不用说,我们都是某种神秘抱负的牺牲品,我们都在某种极限体验中记录下了自己的局限和不可能。但我们之所以曾试图突破自身的时间枷锁,只是因为我们与"旷野中的教父们"[①]、与埃克哈特大师或晚期的佛教徒们的确心有灵犀。卡尤瓦正是通过冥想那些木化石和黄铁矿,或反向追踪那些石英矿、玛瑙矿采石场而感觉自己出离

---

① 旷野中的教父们,指公元3世纪前后在埃及沙漠中修行的僧侣或隐士。

了时间，超越了那些伟大的"地质构造的神意裁判"，触摸到了那种"永久沉寂静止的物质"，但他无法再在此待下去了，因其精神遭"恍惚"诱惑而失望，无法藉虚无获得解脱，甚至无法藉矿物获得解脱。后来，卡尤瓦在自己的作品里以及最近在《交流》上发表的那篇颇具启发性的文章《被逐者的故事》结尾处说过："我已然达至那个终极现实，它并非虚无，而我已化作单调的灰色。"既然不是虚无，我们便可猜一猜原因：虚无最终无非上帝的一个更纯粹的版本，所以那些神秘主义者和具有宗教背景的非信徒会如此狂热地献身其中。卡尤瓦并不艳羡前者，无疑也不愿与后者为伍。他知道自己不适合"启蒙的毁灭"，他承认自己的失败、厌倦和放弃，他宣称并享受着自己的失败。魅力枯竭之后，溯源的盛筵和狂喜之后，唯余混乱之傲慢与灰色之奇遇。

亨利·米肖①

完美的激情

---

① 亨利·米肖（Henri Michaux, 1899—1984），法国诗人和画家，原籍比利时，1955年成为法国公民。他借助东方神秘主义与致幻剂进行颠覆性写作，其诗歌和绘画直接呈现出个体的潜意识与神话原型，语言不再是表达或修饰的工具，而成为映射另一种维度存在的镜子。1965年他获得法国国家文学大奖，但拒绝领奖。

大约十五年前，米肖常带我去大王宫，那里常放映各类科技电影，有些很冷门，另一些则太专业，不好理解。说实话，让我感兴趣的不是看电影，而是米肖对看电影的兴趣。我看不出他执著于此有什么益处。我一直问自己，一颗如此强烈、以自我为中心、始终处于永恒激情或狂热中的心灵，何以会被如此细腻、如此冷静客观的论证所吸引？直到后来，当我反思他对致幻剂的探索时，才意识到其客观性和严谨性已走火入魔到了何种地步。他的严谨让他迷恋上了那些微不足道的东西，迷恋上了那些在心理上和语言上都难以察觉并以一种令人窒息的执著周而复始的细微差别。依我看，通过加大剂量达至眩晕，就是他尝试的秘密。大家读一读他在《骚动的无限》里说自己"被白色刺穿"那一页吧，他说那里一切皆白，"甚至连犹豫也是苍白的"，而"恐怖"同样如此。在那之后，就没有更多的白色了，他已将白色消耗殆尽，他已然杀死了白色。他对深度的痴迷让他变得凶悍：他清除掉一个又一个表象，片甲不留，他冲入深渊将其斩草除根，直至精确地一追到底，追击至一个并不存在且根本不重要的……底部。一位英国评论家认为这些探查"很可怕"。我反倒认为意欲火速将那些表象一一粉碎并化为齑粉的探查本身积极且令人振奋，总之，我的意思是说，发现和了解真相，无非是一项破坏性工作的最高境界。

米肖虽然把自己归入"天生的厌倦者"之列，但他始终在做的事情都远离欺骗，是发掘，是探索。的确，没有什么比追求这种清晰和无情的愿景更令人疲惫的了。说起来，有一位关注过这种恶性循环之"历史"的当代名人曾用过一个发人深省的短语："精神盲目"（la cécité spirituelle）。米肖则正相反，他是一个过分强调审视内心及其四周绝对必要的人，他认为不仅要深入探查某种观念的根底（这比我们想象的容易），还要探究最细微的体验或印象：他不是将自己的每种感觉、所有感觉——苦恼、欢欣、征服的欲望——都交付查验了吗？这种牢牢把握自己的激情，这种刨根问底的意识，导致他不断给自己下达最后通牒，对自己生命中的至暗领域发起毁灭性的冲击。

正是基于这些数据，我们必须思考他为何要反抗夜梦，为何纵然有精神分析的优势却依旧认为有必要弱化、批判和嘲笑夜梦。他对夜梦失望，他乐于惩罚它们，并宣称它们是空虚的。但让他动怒的真正原因很可能并非这些夜梦一无是处，而是这些夜梦意欲完全独立于他，拥有逃避他的审查、隐瞒他、取笑他的特权，并以其平庸来羞辱他。平庸，没错，却独立自主，有主见。而他也正是以良知之名、以良知作为一种要求和一种责任并出于受伤的自尊心而对夜梦进行定罪、谴责和指控的，这是对当时的狂热情绪的真正挑战。他藉妖魔化那些无意识的表现，摆脱了半个多世纪以来最珍稀的幻觉。

内心的暴力都会传染；他内心的暴力多于常人。和他谈话永远不会让人气馁。与他频繁交往还是偶尔打打交道毕竟都无关紧要，只须必要时能试着想象一下他会作何反应或者会说什么话就足够了：孤独无所不在，而他始终在那儿……永远与生命中重要的东西密不可分。这种疏离的亲密感，唯有在一个痴迷却不偏不倚、内向又襟怀坦荡且愿无所不谈（甚至是时政新闻）的人身上才有可能。他对国际形势的看法、对政治问题的判断异常准确且颇具前瞻性。能如此准确地感知外部世界，同时又能发自内心地理解狂热，探索并适应其多种多样的形式，这种异常如此迷人，如此令人羡慕，我们可以照单全收而不必非得理解不可。可我还是能马上提出一个肯定说得过去的解释。没有什么比和米肖谈论疾病更令人愉快的了，至少对我是如此。他对所有疾病似乎都既有预感又有惧怕，既有期待又想逃离：他的每部作品都是一连串的症状，一连串潜在的或部分现实的威胁，一连串软弱的思考和反思。他对各种形式的失衡都异常敏感。但政治这个普罗米修斯式的低级诱惑，如果它不是某种持久、偏激的失衡，不是某只自大狂的猴子的典型诅咒，又会是什么呢？对于据我所知最不中立、最不被动的那个头脑来说，即便只是为了表露其睿智或厌恶，也不能不对此感兴趣。一般说来，作家们但凡要评论某些事件，就会表现得幼稚可笑。我认为在此征引一个例外很说明问题。当时，我以为自己不过是无意间当场抓了米肖唯一一次现行，因为他这个错误并非出于幼稚（不是生理学意义上的幼稚），而是出于"善意"、自信、洒脱或别的什么，所以我写下了几句话，我觉得可以引用在此：

> 我钦佩他咄咄逼人的洞察力，钦佩他的拒绝和恐惧以及所有的厌恶。那天晚上，我们在那条小路上已经聊了好几个小时，忽然他带着一种完全意想不到的激动情绪告诉我说，一想到那个人的失踪，他就觉得……
> 于是我走开了，觉得我永远也不会原谅他这种怜悯和软弱。

我从一册未注明日期的笔记本中摘下这段札记——这段札记很幼稚，也很随意——是为了表明当时我最看重的是他的尖锐、神经质、"不懂人情世故"的一面，是他的爆发和冷笑，是他尖刻的幽默感，是他天生的狂热和绅士风度。实际上对我来说，他是不是个诗人似乎都无关紧要。我还记得有一天他向我承认，他想知道自己是不是怜悯和软弱。他的确是，这还用得着说么？但我们都想象他可能不是。

他是个什么样的人，我如今有了更多的证据，当得知他年轻时曾打算进入灵修会后，我就理解了他为何会如饥似渴地研究神秘主义。实际上我确信他若不是这样一个人，也就永远不会如此坚决和有条理地追求极端状态了。极端，低于绝对。他那些关于致幻剂的作品就来自他与神秘主义者的对话——他原本就是那个被排斥、被打压的神秘主义者，他期待着自己的复仇。如果我们把他论述"出神"（l'extase）的所有那些段落放到一起，再把他对麦司卡林①或其他致幻剂的评价删除，会不会觉得自己正面对着某种纯宗教的、灵修的和无端的体验，而这种体验是不是也值得在某些特殊时刻的祈祷文当中、在某些令人眼花缭乱的异端学说当中大书特书呢？神秘主义者并不渴望拜服上帝，而是想超越它，未

---

① 麦司卡林，又名仙人球毒碱，是一种强致幻剂，提取自墨西哥北部与美国西南部干旱地区生长的一种仙人掌的种子和花球，吸食后会精神恍惚，产生幻觉。当地的原住民便是用这种致幻剂举行宗教仪式的。

知的远方、终极的快感吸引着他们，在所有沉浸于"出神"状态的人身上都能找得到这种快感。米肖因其"内心的狂飙"和出击的意愿而加入神秘主义行列中，他想攻击那些"不可想象"（l'inconcevable）的东西，迫使其开启那扇大门并超越它，面对无论什么危险都永不止步、永不退缩地追寻下去。由于他没有在"绝对"中启航的幸与不幸，他便在自己内心中开凿并总能开凿出一些新的深渊，然后一头扎进去并描绘它们。或许有人会反驳说，这些深渊只是状态。没错。但对于我们这些致力于心理学研究的人来说，万物皆处于某种状态且仅处于某种状态，因为该状态再不能允许我们在"至高无上"（le suprême）中迷失。

他是个真正的神秘主义者，又是一个最终未成为神秘主义者的人。我们理解这一点，因为他为了不成为神秘主义者而竭尽全力，以便在引领其走向极端的研究中保留住自己的讽刺。当他达至某种有限的体验，达至某种让他犹疑不定、不知何往的"不纯粹的绝对"(l'absolu impur)时，他总会求助于某种熟悉或离奇的节点，以清晰地表明他仍旧是他自己，表明他依然记得他正在体验当中，表明他永远不会完全认同他所追寻的任何时刻。那么多过度行为同时发生，其间，某种福利尼奥的圣安吉拉①式的迷狂与某种斯威夫特式的讽刺便相互交织在了一起。

令人钦佩的是，一个天生就糟蹋自己的人竟能活力四射而又福寿绵长。一九六二年，他在《风与尘》中写道："我陪衰老一同漫步……它那被诅咒的躯体快顶不住了，可它又如此依恋于此，因为那是我俩独一无二的肉身。"在感觉与意识之间，他始终有所区别，在自己是谁与自己所知之间，他始终如此卓越。就这样，在形而上的狂乱中，在短暂的迷狂中，经由对知识的

---

① 福利尼奥的安吉拉（Angèle de Foligno, 1248—1309），13世纪意大利方济各会修女，罗马天主教会承认的第一批神秘主义者之一。

痴迷，他成功地让自己驻留于自身之外。当我们的矛盾和不相容从长远看会奴役并瘫痪我们自己时，他却能成功地驾驭自身的矛盾和不相容，既未滑向机巧，也未深陷其中。终其一生，他都对印度情有独钟，但仅止于着迷而已，这真是太幸运了，因为如果他因一次致命的蜕变而最终被蛊惑并痴迷于此，肯定会放弃自身特长去占有更多会导致其变得机巧的缺陷而再难脱身。无论是吠檀多还是佛教，一旦他喜欢上了就将是一场大难！他会为此耗尽自己的天赋和过剩的精力。遁入空门会毁了他这位作家：一旦如此，将不会再有"灵感的爆发"，不会再有痛苦，也不会再有成就。正因为他从未屈服于任何救赎方式，从未屈服于任何虚假的启蒙，他才取得了如此令人振奋的成就。他从不向我们建议什么，他就是他，他没有清心寡欲的秘诀，他始终如一，他四处探寻，就像当初一样。他接纳我们，前提是我们也不给他任何建议。我再说一遍，他就是这样一个毫无机心的人，一个从不玩弄机巧的人。让我惊奇的还有他从不会迁就强烈的情绪。真的，他的强烈情绪不是那种偶发的、波动的情绪，也不是那种断断续续发作的情绪，而是恒定的、绵长的，存乎于自身且仅依赖于自身，虽不稳定，却取之不尽，借用一些神学家的话来说，这就是一种"存在之强度"（l'intensité d'être），我觉得这是界定成功的唯一贴切的表述。

一九七三年

本雅明·方丹[①]

罗林街六号

① 本雅明·方丹（Benjamin Fondane，1898—1944），罗马尼亚犹太裔哲学家、诗人、剧作家、散文家、文学评论家、电影导演和翻译家。1938年入籍法国，1944年死于奥斯维辛集中营。罗林街（rue Rollin），巴黎街道名，在第五区，本雅明·方丹故居在这条街的六号。

那张脸沟壑纵横,极为瘦削,长着千年皱纹,却绝非一成不变,总会被最具传染力和爆炸性的折磨激活。那张脸我百看不厌。我从未见过外表与言说之间、面相与话语之间能和谐若此。随便想到方丹说过的一句话,他那张威严的脸就会浮现在我的眼前。

那时,我常去看他(我是在占领时期[①]认识他的),每次都打定主意只待一小时,可一待就

---

① 指第二次世界大战期间德国自1940年至1944年对法国的占领时期。

是整个下午,这当然是我的错,但也有他的原因:他喜欢聊天,而我又没有勇气、更不愿打断一场让我精疲力竭却又欣悦无比的独白。然而第一次拜访他时,却是我在一直说个没完,因为我想问他一些关于舍斯托夫①的问题。当然,我现在可以吹牛说我没打算问他什么问题,而是想向他诉说我对这位俄罗斯哲学家的喜爱,因为方丹是舍斯托夫的门生,不仅忠实,且受其影响颇深。还有一件事也许值得一提,两次大战之间,舍斯托夫在罗马尼亚非常有名,他的书比在其他地方更畅销。方丹可不是浪得虚名,而且,当他得知我在他的故国有着和他同样的经历时也大为惊讶……这难道不是一件令人不安乃至巧合的事吗?不少读过他的《波德莱尔传》的读者都被他论述"厌倦"的那一章所打动。至于我,我一直将他对这一主题的偏爱与他的摩尔多瓦血统联系在一起。作为神经衰弱的天堂,摩尔多瓦是一个

---

① 舍斯托夫(Léon Shestov,1866—1938),俄国思想家、哲学家。

有着令人无法忍受的荒凉魅力的省份。一九三六年,我曾在当时的首都雅西①待过两个星期,如果没有酒精帮忙,我恐怕会陷入最软弱的沮丧当中。方丹在书中引用摩尔多瓦"厌倦诗人"巴科维亚②的诗句是很自然的,因为那是一种虽没有"忧郁"精致却更为尖刻的厌倦。对我来说,没有那么多人因此而死简直是一个谜。正如我们所见,对"深渊"的体验源远流长。

他的文章和舍斯托夫一样喜欢从引文开头,这是他的捷径:藉他人之文章,却总能从中引申出意想不到的结论。虽说是发微,可其中总有些令人着迷的东西。他很敏锐,的确如此,甚至有滥用一己敏锐之嫌,这显然是他的恶习。一般说来,他不太懂得适可而止——他有变奏无穷的天

---

① 雅西(Jassy),罗马尼亚第二大城市,1916年至1918年曾为罗马尼亚首都,现为罗马尼亚雅西县首府。
② 巴科维亚(George Bacovia,1881—1957),笔名乔治·瓦西里乌(George Vasiliu),罗马尼亚象征派诗人,被视为罗马尼亚现代主义的先驱。

赋——听他讲话会让人觉得他肯定讨厌句号。他的即兴创作如此,他的书如此,他的《波德莱尔传》也是如此。有好几次他告诉我说,他觉得应该把那本书删去若干页,可他没这样做,这的确令人费解,因为我们知道他的灾难当时已迫在眉睫。他已感觉到自己正受到威胁,确实如此,但我们能明白,他的内心早已屈从于作为受害者的境遇,因为,若没有与"既来之则安之"(l'Inéluctable)的这种神秘默契,没有对悲剧的某种迷恋,我们就无法解释他为何拒绝未雨绸缪,为何连搬家这样最起码的事也不做(据说当时他的门房已经把他告发了!)。对一个远非幼稚的人来说,对一个其心理和政治判断皆表现出非凡洞察力的人来说,他这种"安之若素"(l'insouciance)的态度实在太过奇怪了。我至今还清楚地记得最初拜访他时,他有一次在列举了希特勒那些不胜枚举的恶习之后,以其远见卓识向我描述了德国的崩溃,细节之翔实,让我像是即刻目睹了一场精神错乱的爆发似的。而那还只是一种预想。

文学方面,我并不总是与他趣味相投。他曾极力向我推荐维克多·雨果的《论莎士比亚》,一本几乎不忍卒读的书,这让我想起一位美国评论家最近在评论《忧郁的热带》①一书风格时用过的一个词:夸夸其谈的贵族(the aristocraty of bombast)。该表述令人印象深刻,虽说用在此处有些不大公允。

我非常理解他对尼采的偏爱,他喜欢通往尼采的捷径,因为那比通往诺瓦利斯②的捷径要密集得多,而且他对通往诺瓦利斯的捷径还做了一些限制。事实上,他对作者说了什么并不感兴趣,反而对他可能会说什么、可能隐藏了什么更感兴趣,从而使自己的研究方法与舍斯托夫的研

---

① 《忧郁的热带》是法国人类学家列维-斯特劳斯(Claude Lévy-Strauss, 1908—2009)的回忆录,结合了旅行回忆和哲学冥想,出版于1955年。
② 诺瓦利斯(Novalis, 1772—1801),德国浪漫主义诗人、作家、哲学家。

究方法一脉相承,即通过灵魂漫游,而非学说。他对某些极端情况、某些令人着迷之奥秘的敏感无人可及,有一次他告诉我说,有个白俄认为妻子欺骗了他,却默默忍受了十八年。经年累月的无声折磨之后,终于有一天,他再也受不了了,便向她坦白了这一切,随后,在确定自己所有的猜疑都错了之后,他已无法忍受这个想法无端折磨了自己那么多年,随即走进隔壁房间,朝自己的脑袋轰了一枪。

另一次,在回忆布加勒斯特岁月时,他让我读了一篇抨击他的下流文章,作者是大诗人但更是抨击文章老手图道尔·阿尔盖济[①],当时他正因政治原因在监狱服刑(是第一次世界大战爆发次日)。方丹那时还非常年轻,便跑到监狱里去采访他。作为回报,那位老兄竟然给他画了一幅漫画肖像,画得很下流,我一直搞不懂方丹为

---

① 图道尔·阿尔盖济(Tudor Arghezi, 1880—1967),罗马尼亚诗人、散文家,被认为是20世纪罗马尼亚文学最重要的作家之一。

什么会拿给我看。他那时就是这么超然……但对于那些自以为寻觅到了什么、总之是皈依了什么的人，他便没那么雍容大度了。他曾对鲍里斯·德·施洛泽①抱有极大的敬意，可当他得知这位翻译过舍斯托夫的大师级翻译家居然投入了天主教的怀抱后，感到极度失望。他简直不敢相信，他将此事视为背叛。对他来说，寻觅远不止是一种必要或痴迷，这种不断的寻觅乃是一种宿命，是他的宿命，哪怕在他的表达方式中也能察觉得到，尤其当他激动或是在讽刺与喘息间犹疑不定时更是如此。后来我总是自责，为什么当时没有把他的那些谈话、那些独特的想法记录下来，那是思想的飞跃，那思想向四面八方飞奔而去，不断地与暴政和显而易见的虚无抗争，既渴望着其中的矛盾，又好像害怕成功。

---

① 鲍里斯·德·施洛泽（Boris de Schloezer，1881—1969），法国作家、音乐学家和翻译家，原籍俄国，十月革命后移居法国，曾向法国读者译介过大量俄罗斯哲学和文学名著。

我仿佛又看到他在一支接一支地吸烟。他总是说空腹吸烟最舒服。得了胃溃疡后也没戒烟,只是说以后再说,而他对自己的那个"以后"已然不抱任何幻想了……他的一位老友的妻子那时就对我说过,她没法喜欢他,因为"他的脸色太不健康了"。的确,他的脸上没有任何健康的迹象,但他身上存在的一切已然超越了健康和疾病,仿佛两者都不过是他经历过的某些阶段而已。凡此种种,都让他更像是一个苦行僧,一个活力惊人、神完气足的苦行僧,这让别人在他说话时忘掉了他的脆弱与病痛。但他沉默时,他对自己的命运也仿佛置之度外,有时会让人觉得他好像在不知什么可怜的地方或是偏远的地方徘徊。英国诗人大卫·盖斯科因[①](他的命运后来也很悲惨)曾告诉我说,舍斯托夫去世那天,他在圣米歇尔大道偶然碰到了方丹,此后几个月,方丹的形象在他脑海中始终挥之不去。所以大家一

---

① 大卫·盖斯科因(David Gascoyne, 1916—2001),英国超现实主义诗人。后精神崩溃。

定也很容易就能理解为什么这个可爱的人会在三十三年后的今天又奇异地重回我的脑海,而且为什么我每次路过罗林街六号时都心情沉重。

一九七八年

博尔赫斯

致费尔南多·萨瓦特尔的信[1]

---

① 博尔赫斯（Jorge Luis Borges, 1899—1986），阿根廷作家、诗人、翻译家。其作品涵盖多个文学范畴，包括短篇小说、短文、随笔小品、诗歌、文学评论和翻译文学，以隽永的文本和深刻的哲理见长。费尔南多·萨瓦特尔（Fernando Fernández-Savater Martín, 1947—   ），西班牙哲学家、散文家和作家，曾于1977年采访过齐奥朗。

巴黎，一九七六年十二月十日

亲爱的朋友：

十一月份您路过巴黎时，曾邀我为一部向博尔赫斯致敬的文集写篇文章。我的第一个反应是否定的，第二个……也是。一旦每所大学都千篇一律地做着同样的事时，致敬还有何意义？功成名就这一不幸就这样落在了他的头上。他本应得到更好的致敬。他应该留在阴影中，留在"难以察觉"中，以细微之差继续留在"难以捉摸"和不受欢迎当中。那儿才是他的家。一般说来，对一位作家，尤其是一位像他那样的作家，"走红"（consécration）不啻最惨烈的刑罚。自打每个人都开始说起他的那一刻起，我们就没法再谈他了，不然的话，就好像我们自己正在往他的"仰慕者"队伍里增加敌人。那些想不惜一切代价为他伸张正义的人实际上只会加速他的跌落。请容我稍停片刻，我若继续用这种口吻写下去的话，我最终会为他的命运难过的。然而，我们完全有理由假设他自己也作如是想。

记得有一次我对您说过，我之所以对他这么感兴趣，是因为他代表了一个濒临灭绝的人类样本，体现了一个没有知识家园的深居简出者、一位足不出户的冒险家的悖论，他在多种文明和文学中自得其乐，俨然一个卓越而又被诅咒的怪物。欧洲也有类似的样本，我想到了里尔克的一位朋友，就是鲁道夫·卡斯纳[1]——他在本世纪

---

[1] 鲁道夫·卡斯纳（Rudolf Kassner，1873—1959），奥地利作家、哲学家和翻译家，里尔克的挚友，因患脊髓灰质炎自小残疾。

初出版了一部论述英国诗歌的杰作（我就是在二战期间读过这本书以后才开始学英语的……），并以令人钦佩的敏锐评论了斯特恩①、果戈理、克尔凯郭尔以及马格里布②或印度。深度与博学并不相干，但他还是成功地将其调和在了一起。这是一种普世精神，唯缺优雅与诱惑。而博尔赫斯的优越性正彰显于此，他是个与众不同的诱惑者，他能成功地将一丝无形、飘逸、蕾丝般的感觉赋予万物，甚至用到最艰涩的推理当中。因为在他的作品里，一切都游戏其中，被炫目的发现之舞和美妙的舌灿莲花改变了。

我从不会被某种囿于单一文化形式的思想所吸引。过去和现在，我的座右铭始终是不扎根，不从属于任何团体。所以我把目光转向了其

---

① 斯特恩（Sterne），或指劳伦斯·斯特恩（Laurence Sterne, 1713—1868），英国作家。
② 马格里布，阿拉伯语意为"日落之地"，原指北非阿特拉斯山脉至地中海海岸之间的地区，后逐渐成为摩洛哥、阿尔及利亚和突尼斯三国的代称。该地区传统上受地中海文明和阿拉伯文明的影响，同时又与撒哈拉沙漠以南的黑非洲地区有着密切的贸易往来，形成了独特的文化。

他地区，我总想知道其他地方正在发生着什么。二十岁时，巴尔干已不能再为我奉献什么了。所以说，生在一个小小的"文化"空间里——随便哪一个——既是悲剧，又是机遇。那时，异邦人成了我的神。我渴望在文学和哲学中漫游，并以病态的热情生吞活剥。东欧发生的事肯定也会发生在拉丁美洲国家，而且我注意到，其代表人物远比西方人更有见识、更有"教养"，且更具地域色彩。无论在法国或英国，我都没见过有谁会有类似博尔赫斯那样的好奇心，那种好奇心已达至狂热乃至怪癖的地步，没错，我用的是怪癖一词，因为在艺术和思考方面，任何狂热若不能稍显反常，肯定就是肤浅的，因而也不会真实。

  我还在上大学时就开始关注叔本华的弟子们了。其中有一个名叫菲利普·迈兰德①的人特别引起了我的注意。他是《救赎哲学》的作者，另外，在我眼里，他还罩着自杀的光环。这位哲学

---

① 菲利普·迈兰德（Philipp Mainländer，1841—1876），德国诗人和哲学家，代表作为《救赎哲学》。1876年自杀。

家如今已被彻底遗忘了，我自诩是当时唯一关注过他的人，这倒不是为得到什么夸奖，只是想说我的研究必然会把我引向他。很久以后，当我看到博尔赫斯在一篇文章中将他从遗忘中彻底扒出来时，我感到万分惊讶！我给您举这个例子，是因为从那一刻起，我开始比以往更严肃地思考博尔赫斯的处境，他注定要走向普遍性，注定要被迫在各个方面锻炼自己的头脑，哪怕只是为了逃避阿根廷那种压抑的环境。正是这种南美式的虚无，让整个南美大陆的作家们远比西欧的那些作家——他们已被自己的传统所麻痹，盛名之下，僵化难逃——更开放、更有活力、更具多样性。

既然您想知道我最喜欢博尔赫斯作品中的哪些方面，我可以毫不含糊地回答您，就是他在各领域中表现出的那种轻松自在，就是他以同样微妙的方式谈论"永恒的回归"和谈论探戈的那种能力。对他来说，一切都是平等的，只要他是万物的中心。普遍的好奇心只有在带有"自我"的绝对印记时才是生命力的标志，"自我"才是万物的起源和终结之地：此乃任意之主权，是可以用最反复无常的标准诠释的开端与终结。这一切的现实何在？"自我"——就是这场至高无上的讽刺大戏……博尔赫斯作品中的游戏能让人想到浪漫派的讽刺、对幻觉形而上的探索以及与"无限"共舞的杂耍。现如今，弗里德里希·施莱格尔①的理论全要靠巴塔哥尼亚②支撑了……

一种如此渊博的微笑，一种如此精致的愿景，以及其中所暗示的一切，如今居然会得到普遍的认可，对此我们只能再度感到惋惜……但是，博尔赫斯毕竟是可以成为不教条也无体系的人性之象征的，如果说有一个我愿意赞同的乌托邦，那就应该是一个所有人都以他为模板、以有史以来最无负担的那个头脑为模板、以"最后之精妙"为模板的乌托邦。

---

① 弗里德里希·施莱格尔（Fridrich Schlegel，1772—1829），德国诗人、文学评论家、哲学家、语言学家和印度学家，德国早期浪漫主义的重要理论家。
② 巴塔哥尼亚，指南美洲安第斯山脉以东、科罗拉多河以南的地区，大部分在阿根廷境内，小部分属于智利。

玛丽亚·桑布拉诺[①]

决定性的在场

① 玛丽亚·桑布拉诺（María Zambrano Alarcón，1904—1991），西班牙女哲学家和散文家。

女性但凡投身哲学，就变得自负且咄咄逼人，遇事装模作样，傲慢又无自信，动辄莫名惊诧，显见得不是搞哲学的料。可在玛丽亚·桑布拉诺身上，我们何以全然察觉不到这种因自身原因引发的不适呢？我经常问自己这个问题，觉得能答出来：那是因为，玛丽亚·桑布拉诺从不把自己的灵魂出卖给"观念"，她通过将"无法解决"之经验置于反思之上，从而捍卫了自己的特质，简言之，她已然超越了哲学……在她看来，语言只有先于公式化表达或取代公式化表达才是真实的，只有摆脱了表达之枷锁的语言——

或借用她的美言：从语言中解放出来的词语（la palabra liberada del lenguaje）——才是真实的。

她属于这样一类人：我们总遗憾与他们相见太少，从不会停止思念他们，总希望能了解他们，或至少能研究他们。那是隐藏于内心的一团火，是讪笑之下掩饰的热情：在玛丽亚·桑布拉诺的作品中，一切都通往他物，一切都包含他处，一切。无论我们和她谈论什么话题，都不必遵循复杂的推理，肯定迟早都会归结到那些重要的问题上去。因此这种谈话的风格全然没有客观性瑕疵，它引导我们走向自己的内心，走向自己模糊的追求，走向自己潜在的困惑。我还清楚地记得，在花神咖啡馆①，我下决心探索"乌托邦"的那一刻。当时，我们恰好谈到了这一话题，她毫不犹豫地引用了奥尔特加②的一段话作为自己

---

① 花神咖啡馆，巴黎著名的咖啡馆，位于第六区圣日耳曼大道和圣伯努瓦街拐角处，1887年开业，是文艺界人士喜爱的聚会场所。
② 奥尔特加（Ortega），全名何塞·奥尔特加·伊·加塞特（José Ortega y Gasset，1883—1955），西班牙哲学家、社会学家、政治家和随笔作家。玛丽亚·桑布拉诺是他的学生。

的评论；——就在那一刻，我下决心要补上"黄金时代"那遗憾而期待的一课。这便是我此后带着一种疯狂的好奇心所做的事。后来，这种好奇心逐渐耗尽，或不如说变成了烦恼。但不管怎样，我在这两三年里所读的书都缘于这次会面。

还有谁能拥有她那样的天赋：面对我们的担忧和追求，能抛开不可预知和论断式的术语，放弃模棱两可的回答？而这，就是我们为什么在人生的转折点，在皈依、决裂、背叛的门槛上，在终极、重大和紧急的关头，总喜欢去请教她的原因，而她也总是能启示我们，为我们解惑，并以某种方式消弭我们内心的压力，让我们从自身的不纯、绝境和昏聩中得以回归。

奥托·魏宁格[①]

致雅克·勒·莱德[②]的信

① 奥托·魏宁格（Otto Weininger, 1880—1903），奥地利哲学家、作家，有哲学著作《性与性格》和箴言集《关于终极事物》传世，1903年自杀。
② 雅克·勒·莱德（Jacques Le Rider, 1954— ），法国学者，德语语言学家和历史学家。

巴黎，一九八二年十二月十六日

　　读到您书中对我以前那位远方偶像的评论时，我不禁想起当年阅读《性与性格》对我来说真可谓一件大事。那是一九二八年，我十七岁，正热衷于各类极端和异端，总喜欢以某种观念下结论，总是将严谨推到离经叛道甚至吹毛求疵的地步，总是为愤怒赋予某种形式的尊严。换句话说，除了细微的差别之外，我对一切都充满热情。魏宁格的作品让我着迷，那种炫目的夸张、无限的否定、对常识的拒绝、杀气腾腾的不妥协、追求绝对的立场以及对推理的狂热，庶几达至毁灭自己、毁灭自己为其中一分子的那座大厦的地步。除此之外，您还可以再加上几样：痴迷于罪犯和癫痫病人（尤其是《关于终极事物》那本书）、崇拜超级棒的箴言、推崇随意开除教籍以及视女性为"乌有"甚或更为微末之物。我从一开始便对这种毁灭性的断言心悦诚服。我写信就是想跟您说，我是在什么样的背景下接受了那些关于"乌有"的极端论点的。那种背景即便存在，也无非是些平庸的背景罢了。可正是这种背景，决定了我若干年中的行为。当时，我还是个高中生，痴迷于哲学和一个……女生，她也在读高中。重要的细节：我和她并不相识，尽管她和我同属一个社会阶层（锡比乌的布尔乔亚阶层，在特兰西瓦尼亚①）。正如青春期时经常发生的那样，我傲慢又害羞，但害羞胜过了傲慢。这

---

① 锡比乌（Sibiu），罗马尼亚锡比乌县首府。特兰西瓦尼亚（Transylvanie），旧地区名，指罗马尼亚中西部。锡比乌在该地区南部。

种折磨持续了一年多。终于，有一天，在城市公园，我正靠着一棵树读书，记不清楚读的是什么书了。突然，后面传来笑声。转过身，我看到了——谁？她，还有一个陪着她的同班男生，那个男生我们大家都瞧不起，管他叫"臭虫"。五十多年后的今天，我仍然清楚地记得当时的感受。我就不细说了。不管怎样，我当场发誓要与"情感"一刀两断。就这样，我成了青楼的常客。在那次剧烈而司空见惯的失望之后一年，我读到了魏宁格。我觉得我是从理想层面理解他的。他谈论女性的那种傲慢粗鲁让我陶醉不已。我不停地念叨着，我怎么会迷恋上一个下等人呢？我干吗要为一个虚幻、乌有的化身而痛苦和受罪呢？终于，有一个命中注定的人来拯救我了。但这次获救又让我陷入了另一种他所谴责的境地，因为我又迷上了"卖淫的浪漫"——那是东欧和东南欧的特色，是那些严肃的头脑所无法理解的。总之，我的大学生活就是在妓女的诱惑中度过的，是在妓女那种庇护、温情甚至是母性之堕落的阴影下度过的。魏宁格为我提供了厌恶"正派"女人的哲学理由,在我所了解的那个最骄傲、最疯狂的时期里治愈了我的"爱情"。当时我并没有想到,他的指控和判决有朝一日会对我不再重要,只能让我时而后悔,对自己当初如此疯狂追悔莫及。

斯科特·菲茨杰拉德[①]

一位美国小说家的帕斯卡式体验

① 斯科特·菲茨杰拉德（Scott Fitzgerald，1896—1940），美国小说家，"迷惘的一代"代表作家，有《人间天堂》《了不起的盖茨比》《夜色温柔》等作品传世。

清醒对某些人是与生俱来的，那是一种特权甚或一种恩典，无需刻意获得或努力争取：此乃命中注定。他们所有的经历让其对自己完全坦诚。他们感知自己的洞察力，却不受其左右，因为洞察力定义了他们。如果他们生活在持续的危机中，便会自然而然地接受这种危机：对其生存而言，这种危机是内在的。而对另一些人来说，清醒则是迟来和意外的结果，是某一特定时刻内心崩溃的结果。此前，他们封闭在某种惬意的混沌当中，坚守着自己那些尽人皆知的事，既未权衡也未猜测过内里的虚空。如今，他们醒悟了，仿佛是身不由己地投身于认知的历程；可时至今日，他们似乎仍未准备就绪，依旧在令人窒息的真实中磕磕绊绊。面对新的状况，他们绝不认为是什么恩惠，而是一种"打击"。斯科特·菲茨杰拉德就完全没有做好面对或接受这些令人窒息之真实的准备。不过，他为适应这种状况所付出的努力仍不乏悲情的一面。

> 毫无疑问，所有的人生都是一个垮掉的过程，但那些引发戏剧性场面的打击——那些来自或似乎来自外界的巨大而突然的打击——那些被你存在记忆里，承担着你的怪罪，你在脆弱的时刻会向朋友们倾诉的打击，其效果的显现倒并不突兀。另一种打击来自内心——那些打击，直到你无论怎么做都为时晚矣，直到你断然意识到在某些方面你再也不是那样好的一个人了，你才会感觉得到。[1]

---

[1] 译文引自黄昱宁、包慧怡（译）：《崩溃》，上海：上海译文出版社，2016年。后同。

这可不是一位才华横溢的时尚小说家该考虑的事……如果菲茨杰拉德仅以《人间天堂》《了不起的盖茨比》《夜色温柔》和《末代大亨》这些小说为限,他所呈现的不过是一种文学爱好。所幸,他还是《崩溃》①的作者——我们刚刚在上面引述了书中的一段文字——他在其中描述了自己的失败,而这,才是他唯一巨大的成功。

年轻时,他只有一个执念:做一个"成功的文人"。他成功了。他明白了什么叫家喻户晓甚至名声大噪。(有一件事令人不解:T. S. 艾略特②居然写信告诉他说,《了不起的盖茨比》他读了三遍!)他始终为金钱所困:他想挣钱,而且谈起钱来无所顾忌。无论书信中还是札记里,他都在一直谈钱,以至于我们常会自问我们面对的

---

① 《崩溃》是菲茨杰拉德的一部含自传、札记和格言的随笔集,在他去世后由纽约新方向出版社出版。——原注
② T. S. 艾略特(Thomas Stearns Eliot, 1888—1965),英国诗人、评论家、剧作家,1948年获诺贝尔文学奖,对20世纪乃至当代文学都有极为重要的影响。其代表作为《荒原》,创作于1922年。

究竟是一位作家还是一个商人。我并不是说我讨厌他在信里坦承自己的财务麻烦。比起那些装模作样或以诗歌矫饰的故作清高，我宁愿上千倍地喜欢他的信。因为那些信有风格，有格调。我深爱过的里尔克书简如今在我看来是多么苍白无味啊！他从来不在信中谈论贫困那种"小事"。这种为后世而写、充满"贵族气"的书简让我厌恶。在那儿，天使与穷人比邻而居。在他写给诸位公爵夫人的那些高谈阔论的书信中，我们难道看不出有一种放肆的或经过算计的天真吗？玩这种"心灵的纯粹"似乎有失正派。我不相信里尔克的那些天使，更不相信他的那些穷人。他们都太"高雅"了，不过是一些连愤世嫉俗那种苦难中的趣味都没有的人。而另一方面，像波德莱尔或陀思妥耶夫斯基那些人的书信，那些乞求救济的书信，则以其恳求、绝望和喘息的语调让我备受感动。我们能理解他们谈钱是因为挣不到钱，是因为他们生来贫困，而且无论发生什么都会一直穷困潦倒。贫困与他们形影不离。他们几乎不渴望成功，因为他们知道自己永远不可能成功。可现在，在菲茨杰拉德这里，在早年的菲茨杰拉德这里，让我们尴尬的正是他渴望成功并且获得了成功。所幸他的成功只是他醒悟之前、意识到今是昨非之前所走的一段弯路，只是他良心的一次短暂迷失而已。

菲茨杰拉德死于一九四一年①，时年四十四岁。他的病根大概是一九三五年至一九三六年间落下的，当时他正在创作后来结集为《崩溃》出版的那些文字。此前，他一生中最重大的事件当属与泽尔达②的婚姻了。他们俩在蔚蓝海岸共同引领美国人的时尚潮流。他后来将自己的这段旅欧经历描述为"浪费和悲剧的七年"——整整七年间，这对伉俪沉溺于所有的奢华，仿佛被一种让自己精疲力竭、内心空虚的秘密欲望所困扰。可该来的还是来了：泽尔达陷入了精神分裂，丈

---

① 此处时间有误，实际上菲茨杰拉德死于1940年12月21日。
② 泽尔达（Zelda Sayre Fitzgerald, 1900—1948），美国小说家、诗人和舞蹈家。1920年与菲茨杰拉德结婚，1930年精神崩溃，1948年死于精神病院大火。

夫去世后她活了下来，却死于精神病院大火。菲茨杰拉德曾这样谈论自己的妻子："泽尔达是个病例，而非一个人。"他的意思无疑是想说这样的人只有精神病学才感兴趣。相反，他本人则是一个人：一个属于心理学或历史学的案例。

> 往日的欢乐时常伴随着狂喜向我袭来，这狂喜如此强烈，以至于最亲近的人都无法与我分享，我只能带着它走开，走到静谧的大街上、小巷里，只留些许碎片，好蒸馏出精华来注入书中的只言片语——我想，我的欢乐，或者说我那善于自我幻想的才能，或者随便你给个什么称谓好了，算是个例外。那并非浑然天成，而是造作失真——就像"大繁荣"时期一样失真；而我近来的经历亦与"大繁荣"告终时横扫全国的绝望浪潮差可比拟。

菲茨杰拉德自诩在为"迷惘的一代"代言，

或把自己的危机归咎于外部原因，这种自鸣得意我们可以姑且不论。但如果说这场危机仅仅是个偶然，那么其所有的意义就将失去。就其纯美国式的特色而言，《崩溃》揭示的仅与文学史有关、与历史有关。而作为内心体验，该书则具有一种本质、一种强度，超越了各种偶然和各个大陆。

"而我近来的经历……"菲茨杰拉德经历了什么呢？他始终活在成功的陶醉里，渴望不惜一切代价获得幸福，渴望成为天字第一号作家。从字面意义和引申意义上看，他都始终活在南柯一梦中。可如今，梦已离他而去。于是他开始守夜，其间发现的东西让他充满恐惧。一种单调的洞察力让他不知所措，让他动弹不得。

失眠为我们提供了一盏我们原本并不打算要的灯，却下意识地向那盏灯靠拢。明知违心，还是禁不住想得到它。我们以自己的健康为代价，想借助它去寻求他物，寻求那些危险的、有害的真实，寻求睡眠会阻挠我们发现的所有东西。然而，失眠从舒适和假象中解救我们，只是想让我们面对一道封闭的地平线：那地平线照亮了我们的困境。它拯救我们的同时又审判我们：与黑夜之体验密不可分的暧昧。菲茨杰拉德想逃避这种体验却徒劳无功。那体验纠缠着他，碎裂着他，对他的心灵来说，这种体验太深刻了。他会求助于上帝吗？可他厌恶谎言；也就是说，宗教帮不上他的忙。在他面前，黑夜中的宇宙像是一个绝对的存在。他也无法求助于形而上学，可他只能被迫这样做。显然，他还没有为如何熬过黑夜做好准备。

现在，恐惧如暴风雨一样袭来——假如此夜就是死亡之夜的预演？——如果死后的一切就是永远在深渊边上战栗，催促自己前行的只有体内的一切卑劣和恶毒，而前方则是世界上的一切卑劣和恶毒？没有选择，没有路，没有希望——只有肮脏事物和半悲剧的无休止重演。或是永久地站着，或许是站在生命的门槛上，无法通过，也无法回去。

现在，时钟敲响四点，我已是个鬼魂。

说实话，除却神秘主义者或激情难抑的人，谁真正为熬过自己的黑夜做好了准备？如果是信徒，或许会渴望失眠；但绝无半点确信者又何以做到数小时内与自己面面相觑？我们可以责备菲茨杰拉德未意识到黑夜作为一种认知场合或认知方式、作为一场重大灾难的重要性；但我们不该对他彻夜不眠的悲情无动于衷，对他而言，"肮脏事物和半悲剧的无休止重演"是他不接受上帝的结果，是他无法成为那个巨大的形而上骗局的同谋、无法成为黑夜那弥天大谎的同谋的结果。

如今，开给那些"沉沦之辈"的标准药方是：想想那些真正穷困潦倒、身残体弱的人吧——这是赐予一切多愁善感之人的全天候祝福，也是在大白天里对每个人的身心皆有裨益的忠告。然而，凌晨三点，一包先前被遗忘的旧物就和一道死亡判决具有同样悲剧性的分量，此时药方就无济于事了——在灵魂的真正的黑夜里，日复一日，永远是凌晨三点钟。

在"灵魂的真正的黑夜"里，白昼的真实是无法运行的。菲茨杰拉德非但没有将这黑夜作为启示之源而祝福它，反而诅咒它，将它与自己的失败相关联，否定其作为知识的全部价值。他经历了一次帕斯卡式的体验，却没有帕斯卡的灵魂。像所有那些轻率的人一样，深入内心的冒险让他颤抖不已。可某种宿命驱使他向前。他不愿无限延伸自己的存在，却又身不由己地抵达了那里。他所达至的极限远非圆满，而是一种破碎心灵的表达：是无穷无尽的裂痕，是消极的无限体验。他的痛苦已浸入感性之源。他在一篇文字中就此做出了陈述，这篇文字为我们提供了其痛苦的关键所在：

我只想要绝对的平静,好想明白我何以在悲伤面前如此悲伤,在忧郁面前如此忧郁,在悲剧面前如此悲情,我何以会变成我所恐惧和同情的那些人。

重要的文本,病态的文本。为理解其重要性,我们可以试着对比一下健康人或有行动力者的行为,试着下一个定义,以此给我们自己补充一份营养……

无论我们的状态有多矛盾、多紧张,我们通常都会控制并设法中和它们:"健康"就是我们所拥有的能力,让我们与之保持一定的距离。一个情绪稳定的人总会设法避开内心的深渊或跨越内心的鸿沟。健康——这是其行动的条件——便意味着逃离自我、抛弃自我。没有客体的魅力就没有真正的行动。当我们有所行动时,我们的内心状态只能以其与外部世界的联系来估算;它们并没有固有的价值;所以我们才有可能掌控之。我们之所以有时会感到悲伤,肯定是由于某一特殊的状况、某种变故或某个纯粹的现实使然。

可这位病人,他的行为则截然不同。他在其中看到了自己的状态:在悲伤中悲伤,在忧郁中忧郁,而所有的悲剧他都要经历,都要悲情地体验一番。他只是主观的,别无其他。他之所以与自己害怕和同情的那些人变成了同一类人,无非是因为对他来说,那些对象构成了他自己的不同情状而已。成为病人,就意味着与自我完全重合。

> 从早晨刷牙到晚餐会友,其间的每一个行动都成了一桩费劲的事……我发觉即便是我对至亲的爱,如今也成了一种"试图去爱"的努力,至于那些本来就不太熟络的关系……只不过是鉴于前情往事,我记得我"应该"去应付的人而已。

这种与现实的离异,如果说泽尔达以其不可挽回的性格应能理解的话,那么菲茨杰拉德则有幸以另一种不那么激烈的方式体验到了：一种文人的精神分裂症……再补充一点，菲茨杰拉德还是一位"自怜"（self-pity）的行家里手——这可是他的另一个幸运。他滥用这种自怜来保护自己免遭彻底毁灭。我不认为这是个悖论。对自己的过度同情保护了我们的理性，因为对痛苦的退缩实则是对我们自身活力的一次警告，是对我们自身能量的一种反馈，同时也是对我们自我保护本能的一种哀婉的伪装。绝不要怜悯那些自怜者。他们永远都不会完全垮掉……

菲茨杰拉德在自己的危机中幸存了下来，但并没有完全战胜危机。他仍希望能在"徒劳无功和务必奋斗这两种感觉之间，在明明相信失败在所难免却又决心非成功不可之间"求得平衡。他相信自己的生命旅程仍将继续，就像"一支箭一样，不停地从虚无射向虚无，唯有重力才能让它最终落地"。

这些自豪的冲动皆属偶发。在他的内心深处，他渴望在与人们的关系中重回世俗生活中的狡黠；他渴望后撤。为此，他要给自己戴上一副面具。

>一个微笑——哦，我会让自己绽开一个微笑的。我还在努力制造这种微笑。它得将以下各色人等的笑容中的最佳品质熔为一炉：一位饭店经理，一个经验丰富的交际老滑头，一位正在接待视察者的校长，一名装腔作势的电梯工……一名正在接手新工作的、训练有素的护士，一个头一回登上印刷品的靠身体吃饭的女人，一个被人推到摄像机跟前、满怀希望的临时演员……

他的危机不会将他引向神秘主义，也不会让他走向终极绝望或自杀，而是醒悟。"那块'当心恶狗'[①]的招牌已经过早地挂上了我的门。不

[①] "当心恶狗"（Cave Canem）是一句拉丁文俗语，出自庞贝废墟"悲剧诗人之家"出土的一幅马赛克镶嵌画——画上表现的是一条拴着皮带的黑狗，下面是大写的拉丁文"当心恶狗"，以提醒过路者非请莫入。

过我也会尽力做头乖乖的畜生，但凡你扔块骨头来，只要骨头上的肉够多，那我没准儿还会舔舔你的手。"他的审美足以让他借讥讽来缓和自己的厌世情绪，并为他灾难般的拮据注入一种优雅的调子。他的即兴风格让我们得以一窥所谓破碎生活的魅力。我甚至可以补充说，我们只有达到"现代的"程度，才能感受到此种魅力。毫无疑问，这是醒悟者的个体反应，他们无法求助于某种形而上的背景或超凡的救赎形式，只能心安理得地接受自身的痛苦，就像接受自己的失败一样。醒悟是输家的平衡。菲茨杰拉德写完《崩溃》中那些无情的真相后，便以失败者的身份去了好莱坞，想在那里寻求成功——还是想成功，可他已不再相信成功了。尤其是在一场帕斯卡式的体验之后，居然还想去写剧本！据说在生命的最后几年，他只想与自己的深渊妥协，只想控制住自己的神经官能症，仿佛内心深处认为不值得再为刚刚经历过的失败而垮掉。"我是以权威失败者的身份说这番话的"，有一天他曾如是说。然而，随着时间流逝，这种失败只会让他堕落，让他失去所有的精神价值。难怪在这种"灵魂的真正的黑夜"里，他的挣扎与其说像是一位英雄，毋宁说更像一个受害者。同样的道理也适用于那些仅仅从心理学角度去体验悲剧的人；他们感知不到某种外在的"绝对"，无法与之抗争，又不能屈服于它，所以永远会退守自己的内心，最终在其朦胧一窥的真实之下无声无臭地苟活。他们再次成了醒悟者；因为这种醒悟——遇难后的退缩——便是个体的特征，既不能因遭遇不幸而毁灭自己，又不能为战胜不幸而顽强拼搏。醒悟，就是这种实体化的"半悲剧"。由于菲茨杰拉德无法驾驭自己的悲剧，所以他还不能被认为是一位有品质的焦虑者。确切地说，他对于我们的价值，仅在于其应对危机的"手段不足"与其体验到的"焦虑程度"不成比例。

反观克尔凯郭尔、陀思妥耶夫斯基和尼采那样的人，他们像重视自身的眩晕一样俯瞰自身的体验，因为这些体验远比"发生"在他们身上的那些事更有价值。他们的命运高于他们的生命。菲茨杰拉德则并非如此：他的存在远低于他所发现的东西。他在其生命的高光时刻看到的只是一场灾难，尽管他从中获得了启示，却并未获得慰藉。《崩溃》是一位小说家自己的《地狱一季》①。我们这样说，并非要贬低一段证词本身震撼人心的重要性。一位只想成为小说家的小说家经历了一场危机，而这场危机一度将他弹射出文学的谎言。他感受到了一些真实，而这些真实却动摇了他的证据，打破了他心灵的安憩。在梦想必不可少的文学界里，这可是少有的事件，此情此景，该事件的真正意义并不总是能被理解。所以，菲茨杰拉德的仰慕者们惋惜他始终沉浸在自己的失败当中，惋惜那些思考和反思耽误了他的文学生涯。而我们的看法则恰恰相反，我们遗憾的是他对文学没有保持足够的忠诚，未能对其进行更深

---

① 《地狱一季》是法国诗人兰波（Arthur Rimbaud, 1854—1891）的一部散文诗集，创作于1873年。

入的发掘或精耕细作。既然不能在文学和"灵魂的真正的黑夜"之间做出选择,所以只能算是一个二流的头脑。

一九五五年

圭多·切罗内蒂 [1]

肉身的地狱

① 圭多·切罗内蒂(Guido Ceronetti, 1927—2018),意大利诗人、思想家、记者、剧作家和木偶戏演员。

致出版人

巴黎,一九八三年三月七日

亲爱的朋友,您问我这位《肉身的沉默》的作者是何许人。您的好奇心可以理解,因为谁读这本书肯定都想知道是哪个了不起的家伙写了这本书。我得向您承认,我是在他来巴黎时认识他的。经常和他通电话或写信。另外,还有个间接的渠道:通过一个像他一样的奇人,一位十九岁的意大利姑娘——一定程度上是他抚养长大的，两年前曾来巴黎逗留过几个月。以她那个年纪，她的头脑成熟得令人难以置信，可反应常常像个少女甚至像个孩子，这种天生的敏锐加上天真，让人一见难忘。她会进入你的生活，她的确就像是一种"在场"——一个被突如其来的恐惧造访的仙女，其不幸与魅力却也同时大增。在圭多的思绪和担忧当中，她更是一种这样的在场。当然，我谈不出更多的细节，尽管没有什么不纯洁或可疑的事情需要隐瞒。仿佛就在昨天，一个十一月的下午，天上下着雨，我在卢森堡公园里看见了他们：他脸色苍白、阴沉，疲惫不堪，向前弓着身子，而她则显得不安而虚幻，小步快速地跟在他的后面。一看到他们，我就躲到了一棵树后。因为头一天我还收到了他的一封信——这是一个人写给我的一封最令人心碎的信。而他们在一个空荡荡的公园里遽然出现，给我留下了一种痛苦和荒凉的印象，这一印象困扰着我，让我久久不能忘怀。我还忘了告诉您，自打我们第一次见面起，他那种无所适从、根本不属于自己、注定要在世上流浪的神情就让我立即想到了梅什金①。(再说,他那封信的语调也颇具陀思妥耶夫斯基的风格。)对她来说,圭多无可指摘,唯有他逃过了她对每个人的毁灭性判断。她毫无保留地支持他的素食狂热。不像别人那样进食,比不像别人那样思考更为重要。圭多的饮食原则——不对,是圭多的饮食教条——极为严苛,这使得禁欲手册看起来都像是在怂恿饕餮和放荡似的。我自己虽是个节食癖,可和他们俩相比,简直就像个食人族。既然不能像他人那样进食,当然也就没必要像他人那样关注自己的身体。因为实在无法想象圭多会走进药店买药。一天,他从罗马给我打来电话,托我去一个年轻的越南人经营的天然食品店买一种日本土豆,据说这种土豆对治疗关节炎非常有效。根据他的说法,只要用这种土豆按摩关节就能即刻止痛。他厌恶和反感现代世界的一切成就,连健康也是如此,只要这

---

① 梅什金,陀思妥耶夫斯基长篇小说《白痴》中的人物。

种健康需要依靠化学制剂。可他的书——肯定是出于对纯洁的需求——却证明他对恐怖有着一种毋庸置疑的癖好：看上去，他就像是一个被地狱诱惑的隐士。被肉身的地狱所诱惑。这是健康状况恶化甚至受到威胁的显著标志：感受自己的器官，对其意识到痴迷的程度。搬运尸首的诅咒[①]正是这本书的主题。从头到尾：一系列让我们充满恐惧的生理秘密。我们钦佩作者的勇气，他读了那么多古代和现代的妇科文献，读起来确实很可怕，即便是最冷酷无情的萨蒂尔[②]也难免一蹶不振。这是一种窥视脓疡的英雄主义，一种由经期至高无上的反诗、各类放血和私密的腐味以及散发着淫荡恶臭的宇宙所激发出的好奇心——"……生理功能的悲剧"。"肉体气味最多的部位

---

① 指女性怀孕。齐奥朗在《生而不称意》(De l'inconvénient d'être né) 中也用过这一说法："我独自待在一座俯瞰村庄的墓地里，此时有位孕妇走了进来。我立刻就离开了，免得近距离看到这位尸体搬运工，也用不着再去反复琢磨那隆起的腹部和衰败的坟头之间以及虚假的承诺和所有承诺的终结之间有什么区别。"
② 萨蒂尔 (satyre)，希腊神话中的森林之神，羊头人身，耽于淫欲，性喜嬉戏，常常是色情狂或性欲无度的象征。

就是隐藏众多灵魂的部位。""……灵魂的所有排泄物,精神的所有疾病,生命的所有黑暗,我们皆称之为爱。"

阅读《肉身的沉默》时,我不止一次想到于斯曼[①],尤其是他的"圣徒传系列"中的那篇《斯希丹的圣女莱德温》。除本性以外,圣洁还须来自器官的畸变,来自一系列的异常,来自各类不竭的失调,而所有深刻、强烈、独特的事物皆是如此。没有不可明言的基质,便没有内心的亢奋,只有最空灵的"出神"才能在某些方面唤醒原始的狂喜。如此说来,圭多是不是那种以学者形象出现、神经有点儿不大正常的业余爱好者呢?我有时也会这么想,但内心认为不是。因为,虽然他明显偏好腐朽,但同样也被《旧约》中那些富有远见或极端的智慧所具有的纯洁所吸

[①] 于斯曼(Joris-Karl Huysmans,1848—1907),法国作家和艺术评论家,原籍荷兰,19世纪西方现代主义文学转型中的重要作家,象征主义的先行者。其作品语言灵活多变,内涵丰富,细节描写令人叹为观止,以物质形象体现精神世界,并带有反讽色彩。于斯曼精于小说创新,擅长对颓废主义和悲观主义进行深度剖析,因此评论界常将他与叔本华相提并论。

引。他不是以出色的译笔翻译过《约伯记》《传道书》和《以赛亚书》吗[1]？我们于此不再处于腐臭和恐惧之中，而是处于悲叹和哭泣之中。他是一个根据其内心的需要——有时也根据自己的情绪——在不同的精神层面生活的人。他最近在米兰的阿德菲出版社出版的新书《表象上的生命》便阐述了这些矛盾的诱惑，而这些阐述完全是他当前和永恒的关注。在他的作品里，我们最喜欢的是他承认自己的失败。"我是个失败的苦行者"，他略带尴尬地向我们吐露心声。这失败来得恰逢其时，因为只有这样，我们才能相互理解，才能真正成为"迷途者"（perduta gente）中的一员。假如他真的向救赎迈出了决定性的一步（有人把他想象成一位修道士），我们就会失去一位讨人喜欢、虽不完美但满怀狂热和幽默的伙

---

[1] 《约伯记》是《圣经·诗歌·智慧书》的第一卷，记载了一位忠心不渝敬畏神的义人约伯的事迹。《传道书》是《圣经·诗歌·智慧书》的第四卷，为大卫王的儿子所罗门王所作。《以赛亚书》是《圣经·先知书》的第一卷，传统上认为该书的作者是公元前 8 世纪的犹太先知以赛亚。

伴，他那挽歌风格的音色与他对一个显然将注定失败之世界的看法若合符节。引用其中几句吧："一位孕妇怎样读报才不会流产？""如何判断那些害怕人脸的人是变态者还是神经病？"

如果您想问我他都遭受过哪些苦难，我无法回答。我只能告诉您，他给人的印象是一个受伤的人，同时我还想补充说，他是所有那些被剥夺了幻想天赋的人之一。

您别怕和他打交道：众生中，最不能让人容忍的是那些憎恨人类的人。永远不要远避一位厌世者。

她不是本乡人……

我只见过她两回。很少。但"奇特"并不以时间衡量。一开始,我就被她那种不在场和不自在的神情、她的低语(她不交谈)、她不安的手势、她遗世独立的眼神、她可爱的幽灵般的风采所征服。"您是谁?您从哪儿来?"是我们开门见山就想问她的问题。她不作答,她与自己的谜团交织一体,或者是不愿背叛它吧。没人知道她是怎么呼吸或者是怎么违心地屈服于呼吸之诱惑的,也不知道她在我们中间想寻找什么。可以肯定的是,她不是本地人,她只是出于礼貌或某种病态的好奇在分享我们的失败。唯有天使和冥顽不化者才能激发出一种类似于在她面前的那种感觉。魅力，超自然的不适！

我从看到她的那一刻起就爱上了她的羞怯——一种独特的、难忘的羞怯，这让她看起来像是一位殚精竭虑为秘密神祇服务的维斯塔贞女①，或是一位被怀旧或过分狂喜所蹂躏、永远无法重新整合证据的神秘主义者！

据说，她富可敌国，被财产压得喘不过气来，然而又似乎一无所有，注定要在理想的行乞门槛上、在"不可感知"的怀抱中喃喃自语其贫困。更何况，当沉默取代了她的灵魂和宇宙的迷茫，她还能拥有什么，还能说些什么？难道她能唤起罗扎诺夫②所说的那些月光生物吗？我们越是想她，就越是不愿按当时的喜好和观点去思忖她。她罩在一种非现实的诅咒中。所幸她的魅力

---

① 维斯塔贞女（vestale），或称护火贞女，是罗马神话中女灶神维斯塔（Vesta）的女祭司。
② 罗扎诺夫（Vassili Vassilievitch Rozanov，1856—1919），俄国哲学家、思想家、文学家、政论家、教育家，19世纪末20世纪初俄国文化和宗教思想复兴的主将之一，在白银时代的俄国文化中占有特殊地位，被誉为"俄罗斯的尼采""俄罗斯的劳伦斯"。

已成过去。她本应生于他处，生在另一个时代，生在霍华斯①的荒野里，在迷雾和荒凉中与勃朗特三姊妹②为伴……

善相面者很容易就能从她脸上看出她注定不会永生，而多年的噩梦也将离她而去。她活着，但似乎与生命无涉，以至于我们见到她时就会想到相见无日。告别是其本性的标签和法则，是她命定的光辉，是她曾来过世上的标识；所以，她戴着它，犹如头顶灵光，但这绝非出于冒昧，而是涉及"无形"。

---

① 霍华斯（Haworth），英国村镇名，勃朗特三姊妹的故乡。
② 勃朗特三姊妹（Sœurs Brontë），指《简·爱》的作者夏洛蒂·勃朗特（Charlotte Brontë，1816—1855）、《呼啸山庄》的作者艾米莉·勃朗特（Emily Brontë，1818—1848）和《威尔德菲尔庄园的房客》的作者安妮·勃朗特（Anne Brontë，1820—1849）。

简洁的告白

我只有在爆发的状态下，在狂热或紧张、从麻木转向疯狂的状态下，在以谩骂代替耳光和斗殴作为报复的气氛中才有写作的欲望。这一切通常都从轻微的颤抖开始，就像受辱却暂未还击一样，然后就变得越来越强烈了。表达相当于回应滞后或迟延攻击：我写作，只是为了不采取行动以避免危机。这种表达是一种解脱，是对那些拒绝受辱并以言辞反抗其同类和自己的人的间接报复。愤怒，与其说是一种德行，不如说是一种文学行为，甚至还是灵感的源泉。理智呢？恰恰相反。我们内心的理智会摧毁所有冲动，它是个破坏者，它削弱我们，麻痹我们，窥伺我们内心的疯狂，坐等消气和妥协，好让我们丢脸。灵感呢？则是一种骤至的失衡，一种无名的愉悦，一种认可或毁灭自己的愉悦。正常体温下我从来写不出一行字。可多年来我始终认为自己是唯一一个完人。这种骄傲对我有益：它能让我把稿纸涂满。事实上，狂热一旦消退，我就写不下去了，又变成了一个有害之谦逊的牺牲品，这种谦逊对狂热的打击是致命的，因为只有狂热才能产生直觉和真实。我只有等嘲讽感突然消失、自认为可以开始或结束时才能写作。

写作是一种挑衅，所幸这是一种对现实的误解，这种误解置我们于既存之物和我们以为存在的事物之上。与上帝竞争，甚至仅凭语言就想超越它，此乃作家的愚蠢行为，是典型的暧昧、撕裂和自负，因为它脱离了自然状态，让自己陷入到某种极度的眩晕当中。此种眩晕令人不安，有时甚至可恶。再没有什么比这个词语更悲惨的了，但正是通过它，我们才获得了幸福感，才达到了完全孤独的终极扩展且没有任何压迫感。至高无上的境界正是通过该字词、通过其脆弱的象征达到的！奇怪的是，通过讽刺也可以达到这种境界，只要讽刺能把自己的破坏推向极致，避免逆向的神之颤抖。词语就相当于某种忐忑之狂喜的代理人……一切真正具有激烈性质的东西都是天堂和地狱的一部分，不同之处在于，我们只能模糊地预感前者，而对后者我们则有机会感知甚至有机会感受它。还有一个更明显的、被作家垄断的优势：即摆脱自身危险的优势。如果没有在纸页上涂抹的能力，我真不知道自己会变成什么样子。写作，意味着摆脱悔疚和怨恨，意味着吐露自己的心声。作家是疯子，他用这些虚构的文字自愈。多亏这些不起眼的补救措施，让我战胜了多少苦恼、多少险恶之不测啊！

写作是令人厌倦的恶癖。说实话，我现在写得越来越少了，最终可能会因为在与他人和自己的抗争中发现不了任何魅力而完全搁笔。

面对一个主题时，无论何种主题，我们都会有一种充实感，且伴有一丝骄矜。更奇怪的是，当我们想起某个我们崇拜的人物时，这种优越感就愈发强烈。创作过程中，我们是多么轻易地认为自己就是世界的中心啊！写作与崇拜无法共存：无论我们愿意与否，谈论上帝，就意味着看不起他。写作，意味着报复造物，也意味着对某种草率之"创世"的回应。

重温《解体概要》

一九五三年，保罗·策兰①将《解体概要》译成德文由罗沃尔特出版社出版。八年前，克莱特-科塔出版社再版了这本书。再版之际，《强音文学年刊》的社长让我向该杂志的读者们做一介绍。这就是本文的由来。

---

① 保罗·策兰（Paul Celan，1920—1970），第二次世界大战后最重要的德语诗人之一，生于一个讲德语的犹太家庭，父母死于纳粹集中营，本人则历尽磨难，于1948年定居巴黎，以《死亡赋格》一诗震动战后德语诗坛。之后出版多部诗集，达到令人瞩目的艺术高度，曾获不来梅文学奖和德语文学大奖毕希纳奖，成为继里尔克之后在世界范围内产生重要影响的现代德语诗人。1970年在巴黎塞纳河投水自杀。

重温这部三十多年前出版的作品时,我很想能从中重觅或至少能在一定程度上重觅那个今已不在、已消失的故我。当时我崇拜的大神是莎士比亚和雪莱。如今我还在读莎士比亚,但雪莱就读得很少了。提起这件事是想说明我当时醉心于哪一类诗。我的性格适合奔放的抒情诗:我当时的所有习作中都不幸地留有这种痕迹。如今还有谁会去读《心之灵》①那样的诗呢?我当时却是读得津津有味的。如今,雪莱那种歇斯底里的柏拉图主义我已经不喜欢了,我更偏爱简洁、冷峻和刻意的淡漠,而非任何形式的情感宣泄。我对事物的看法根本没变;改变的无非是口吻。思想实质也很少真正变化;变化的只是表达方式、表象与节奏。随着年齿日增,我越来越意识到诗歌对我并非缺之不可:是不是因为品味诗歌与精力过

---

① 《心之灵》(*Epipsychidion*)是雪莱1821年发表的一首抒情长诗,诗人在这首诗中隐晦地将自己对永恒的真理和对"美"的向往内化为一种对理想化的爱情的歌颂与追求,并试图将浪漫派柏拉图主义诗学思想藉艰涩的诗歌语言表达出来,但因诗中传达出的微妙的对爱情不贞和不确定性而被视为"雪莱诗歌中最难懂和最富争议的诗"。

剩有关？如今，我越来越偏爱冷漠，偏爱简洁，靠爆发写作，这可能与厌倦有很大关系。不过，《解体概要》在当年也是一次爆发的结果。创作过程中我似乎感觉摆脱了压抑，但这种感觉并不能持续太久：所以我必须呼吸，必须爆发。当时我觉得自己非要做出一个决定性的阐释不可，与其说是针对人，不如说是针对存在本身，我很想与它单打独斗，哪怕只是为了看看谁会获胜。坦率地说，我几乎自信能赢，而它不可能获胜。我的抱负，我的目标，我的梦想，我每时每刻的计划，都是为了逮住它，把它逼入绝境，用疯狂的推理和让人想起麦克白或基里洛夫[①]的腔调把它碾成齑粉。书的最初几章中就有一章的标题叫《反先知》。事实上，我的反应就像个先知，我给自己设定了一项随时可以中止的使命，但仍然是使命。我在攻击先知的同时也是在攻击自己，攻击……上帝——根据我当时的原则，我们只应该

[①] 基里洛夫，陀思妥耶夫斯基的长篇小说《群魔》中的人物。

关注"他"和我们自己。所以通篇文字都像哀的美敦书一样充满了暴力的口吻（不是它应有的那种简洁，反而是冗长、啰嗦和喋喋不休），就像对天空、对大地、对上帝或其替代品的一纸警示，简言之，就是警示万物。在这些页面绝望的愤怒中，我们会煞费苦心地寻觅一丝谦卑，一丝平静而顺从的反思，一种接受和解脱，一种微笑的听天由命，我年轻时的狂妄与疯狂以及一种难捱的否认之快乐就在这些页面中达到了顶峰。在否定中总诱惑我的是取代一切和所有人、成为某类造物主并支配世界的能力，仿佛他一降临，我们就与他合作，随后便有了加速其毁灭的权利甚至义务。否定精神的直接后果是毁灭，它对应着某种深刻的本能，对应着某种嫉妒——每个人的内心深处肯定都会对那位众生第一人、对其地位以及他所代表的观念和象征满怀嫉羡。可是，我跟那些神秘主义者再怎么混也无济于事，在内心深处我始终属于"魔鬼"的阵营：既然无法跟他的威力媲美，我至少得尽力通过自己的傲慢、尖酸、专横和任性来使自己无愧于他。

西班牙语版《解体概要》出版后，两位来自安达卢西亚的大学生问我能否在"基础"匮乏的条件下生活。我回答说，我从未在任何地方找到过坚实的基础，但我还是坚持下来了，因为多年来我已习惯了一切，甚至是头晕。其次是不要熬夜也不要总是妄自菲薄，因为绝对的清醒与呼吸并不相容。如果我们每时每刻都要对自己的所知所想保持清醒，比如说始终格外在意基础匮乏这种感觉的话，我们就会自杀或任由自己变成白痴。多亏某些时刻我们能忘掉真实才得以存活，因为期间我们蓄积了能量，让我们能再次面对那些真实。每当我轻视自己时，为了重拾信心，我都会告诉自己，我毕竟已成功地以某种感知维持了自己的存在或存在的假象，很少有人能受得了这种对万物的感知。不少法国年轻人告诉我，让他们印象最深刻的一节是《自动人》，他们接受不了那种深邃。既然我没死在自己的思考之下，那么我就以自己的方式成为一名斗士好了。

还有两位大学生问我为什么不停止写作和出版作品。"并不是每个人都有幸英年早逝的"，我就是这么回答他们的。我的第一本书有个夸张的书名——《在绝望之巅》——是我二十一岁时用罗马尼亚语写的，同时发誓再也不写了。然后我又写了一本，又发了同样的誓。四十多年间，这一幕多次重演。为什么？因为写作——无论写多写少——帮我熬过了一年又一年，就这样，表达的执迷减弱了，在写作的过程中被克服了。写作是一种奇异的放松。出版也一样。写出一本书，它就是你的生命或一部分生命，它派生于你，却不再属于你，也不再困扰你。表达让你弱化，让你变得贫乏，让你减轻内心的负担；表达让你丢掉了麻烦，表达是一种解放。它清空了你，也因此拯救了你，它让你摆脱了沉重的郁积。如果我们痛恨某人，恨不得把他干掉，最好的办法就是拿出一张纸，在上面一遍遍地写某某某是个混蛋，是个恶棍，是头怪物，马上就会觉得不那么恨他了,也几乎不再想去报复他了。这差不多就是我对自己和对这个世界所干的事。我从内心深处把《解体概要》发掘出来,就是为了辱骂生命,也辱骂自己。结果呢?我能更好地忍受自己了,也能更好地忍受生活了。我们应该尽可能地照顾好自己。

这第一本书是一九四七年写的,写得很快,当时的书名叫《否定习作》。我把它拿给一位朋友看,几天后他把稿子还给我,说:"你得推倒重来。"他的建议让我很恼火,但多亏我听从了他的建议。事实上我写了四遍,因为我不希望大家认为这是个外来户写的。我的抱负无外乎想和本地人斗一把。这种自负从何而来?我的父母只会说罗马尼亚语和匈牙利语,还会一点儿德语,法语他们只会说"你好"和"谢谢"。几乎所有特兰西瓦尼亚人都是如此。一九二九年我去布加勒斯特开始了杂乱无章的学习生活,我发现那里的大多数知识分子都能讲一口流利的法语，因此在我这个只会读法语的人心里就有了一种愤懑，这种愤懑持续了很久，而且至今仍以另类形式延续，因为到了巴黎以后，我始终丢不掉我的瓦拉几亚人①口音。所以，如果我做不到像本地人那样讲话，至少我可以试着像他们那样写作，这一定就是我潜意识中的推理，否则何以解释我的决心呢？我决心一定要和他们做得一样好，甚至——愚蠢的假设——比他们更好。

我们努力地证明自己，与自己的同类竞争，并在可能的情况下胜过他们，这些理由都很卑鄙，说不出口，但也很执著。相反，想退缩的那种高尚愿望则难免缺乏活力，无论后悔与否，很快都会被我们抛弃。我们擅长的一切都源于混沌多疑，实际上是来自我们内心。

---

① 瓦拉几亚人（Valaque），又称弗拉赫人或弗拉希人，是曾经生活在中欧、东欧、东南欧的一个民族，为罗马尼亚人和阿罗蒙人（Aroumains）的祖先。

还想说一件事：我本来应该选择另一种语言写作而不是法语，因为我和法语的高贵气质不太搭调，与我的本性、我的恣肆、我的真实和我的痛苦都背道而驰。在我看来，法语的刻板以及它所代表的那种优雅的严谨就像是一种苦修，或者更像是紧身囚衣与文艺沙龙的混合体。可正是因为这种不相容，我才爱上了法语，甚至纽约的大学者埃尔文·查戈夫[①]（他也和保罗·策兰一样，出生在切尔诺夫策[②]）有一天也向我吐露说，对他而言，只有用法语表达的东西才值得存在……

如今这门语言正在迅速衰落；最让我难过的是法国人似乎并没有为此感到痛心。倒是我这个来自巴尔干半岛的废物为这一衰落感伤。那好吧，就让伤心的我和它一起沉沦吧！

[①] 埃尔文·查戈夫（Erwin Chargaff, 1905—2002），奥地利犹太裔生物学家，以发现"查戈夫法则"闻名，也导致 DNA 双螺旋形结构的发现。曾获美国国家科学奖章。1940 年成为美国公民。
[②] 切尔诺夫策（Czernowitz），今乌克兰西南部切尔诺夫策州的首府，历史上曾是犹太人聚居地，有"小维也纳"之称。